W I N G S ・ N O V E L

作家令嬢は舞踏会でロマンスを綴る

作家令嬢と書庫の姫～オルタンシア王国ロマンス～①

春奈 恵
Megumi HARUNA

新書館ウィングス文庫

S H I N S H O K A N

作家令嬢は舞踏会でロマンスを綴る　作家令嬢と書庫の姫～オルタンシア王国ロマンス～①

目次

作家令嬢は舞踏会でロマンスを綴る……7
ティモティ・ド・バルトの誤算……261
あとがき……284

作家令嬢と書庫の姫
～オルタンシア王国ロマンス～
Characters & Map

ティモティ・ギュスターヴ・ド・バルト
（ティム）

王太子付き武官。
アニアの従兄。

エリザベト・アデラール・ド・シャロン
（リザ）

オルタンシア王国第一王女。
読書家。

アナスタジア・ド・クシー
（アニア）

クシー伯爵令嬢。
王女付き女官。
小説の執筆が趣味。

エドゥアール・ド・クシー

アニアの祖父。
先代オルタンシア国王の宰相で、
穴熊エドゥアールと
呼ばれた切れ者。故人。

ユベール・ド・シャロン

オルタンシア王国
国王ユベール二世。
リシャール、リザの父親。

リシャール・マティアス・ド・シャロン

オルタンシア王国王太子。
リザの兄。

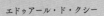

オルタンシア王国周辺地図
グリアン王国
グランツ王国
シェーヌ領
パクレット領
ステルラ
共和国
ホルク
ブランシュ領
アルディリア王国
メルキュール領
アガタ
リール
バルト領
オルタンシア王国
ラウルス
公国
クシー領
マルク領
クレド
イロンデル港
ランド領
セリュール港
セレーノ
ガルデーニャ王国
SEA

イラストレーション◆雲屋ゆきお

Sakka reijo wa
butoukai de
romance wo tsuduru

作家令嬢は舞踏会で
ロマンスを綴る

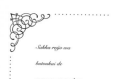

1

目の前の扉は固く内側から閉ざされていた。まるで難攻不落の城門のように。

その日、王宮に初めて足を踏み入れたクシー伯爵家令嬢アナスタジア・ド・クシーは、途方に暮れていた。

せっかくの王宮入りだからと両親が力を入れてブルネットの髪をきっちり結い上げて、瞳と同じ色の深い青のドレスを着せて送り出してくれたのだけれど、どうやらそんなお洒落《しゃれ》も必要なかったかもしれない。

……ないわー。絶対ないわー。思ってたのと全然違う。

「いきなり大仕事で悪かったね。アニア」

言葉にならないほど困惑しているアニアこと、アナスタジアに、隣にいたティムが宥《なだ》めるように笑みを見せた。

そして有り余る長身を小柄《こがら》なアニアのためにかがめてくれて、柔《やわ》らかな声で囁《ささや》きかけた。

「日が悪かったね。今日は色々ありすぎて、人手が足りてないんだよ」

ティムこと、ティモティ・ド・バルトは王太子付き武官として働いている自慢の従兄《いとこ》だ。

初めて見た軍服姿はとても彼に似合っていたけれど、それをじっくり愛《め》でるほどの心理的余裕はアニアにはなかった。

「ティムのせいじゃないわ。あなたのおかげで王宮仕《づか》えのお仕事をいただけたんだもの。だけど、おかしいでしょ。わたし、王女殿下って美しく着飾って大輪の薔薇《ばら》が飾られた豪奢《ごうしゃ》なお部屋で、静かに刺繍《ししゅう》とかたしなんでいらっしゃるものだと思ってたわ。……どうして王女殿下が書庫に住み着いてるの？」

そう、目の前の扉は書庫に通じていた。そして、そこにアニアと同じ十六歳の王女殿下が暮らしているのだという。どう考えても書庫は暮らすところではない。

オルタンシア国第一王女、エリザベト・アデラール姫。

その人こそアニアが今日からお仕えする相手だった。

ずっと地方の領地で暮らしていたアニアは、一度くらい華《はな》やかな王宮を見てみたいという気持ちもあって王女付きの女官にという話を二つ返事で引き受けたのだけれど。

書庫に閉じこもって出てこない王女様というのは予想の範囲外だった。

ティムは赤銅色《しゃくどういろ》の髪に手をやって、透き通った淡い青の瞳を細めながら曖昧《あいまい》に微笑《ほほえ》む。

「どうしてって……うーん……本がお好きだから？」

「答えになってないわ。わたしだって嫌いじゃないけど、書庫の中での生活なんて不自由でしょう？　そもそも眠る場所とかないし」

「それがね、書庫の続きの間にベッドが置いてあって、食事などはそっちに運ばせているらしい。その担当者でさえ酷《ひど》いときには半月近くお姿を見てないっていうほどの籠《こ》もり具合だとか」

続きの間は元々は本の管理係の部屋だったが、驚いたことに王女はそこに寝泊まりしているらしい。

そちらの鍵《かぎ》は女官長が持っていて、食事や必要なものはそこに運ばせている。けれどその部屋と書庫の間の扉は閉ざされていて、ほとんど王女と顔を合わせることがないらしい。

「……そりゃ出てこないわ……。快適空間作ってどうするの」

居心地を良くするからよけいに出てこないんじゃないだろうか。そもそも、人前に出なければならない行事とかどうしているのだろう。

「国王陛下も王太子殿下もめちゃくちゃ甘いんだよね。けど、さすがに今回はそれでは済みそうもないからね」

ティムは王太子の護衛をしているので、そのあたりの事情も知っているらしく、言葉を選んでいる様子で説明してくれた。

「普段はこんな感じで夜会などもほぼ欠席なさっててね。でも、来週の舞踏会は必ず出ていただかなくてはならないんだ。そのためのドレスの採寸やらなんやら……そうしたことを進めなくてはならない時期が過ぎてるんだけど、出てきてくださる気配もなくて」

「何か展開が予想できる気がするわ」

そこまで時間を惜しんで書庫に籠もっているような姫なら、ドレスだの舞踏会の準備だのは面倒くさいと思ってしまうんじゃないだろうか。

「けど、合鍵くらいあるんでしょ？　たとえば、王太子殿下がお命じになったらさすがにお出になったりは？」

そう問いかけると、ティムが額に手を当てて溜め息をついた。

「王太子殿下は、強引なことをしたら妹君に嫌われるからって……強行突破はなさらないんだよね」

「待って。ずるくない？　それ、ずるくない？　初対面のわたしなら嫌われていいってこと？」

もしかして、憎《にく》まれ役のために呼ばれたんだろうか。田舎《いなか》の貧乏貴族の娘だから、失敗しても痛くもかゆくもないから？

「さっきご挨拶《あいさつ》に伺《うかが》ったとき、よそよそしい感じだったのもそのせいなの？」

先刻、到着の挨拶のために王太子殿下の執務室に立ち寄ったのだけれど、とにかく冷淡にこちらを見おろしてきて、何か自分に落ち度があるのかと緊張してしまったのに。

あれって、どうせすぐに辞めることになるから、っていう意味だったんだろうか。

「待って。アニア。あれはね……」

ティムがさすがに擁護《ようご》しようと思ってか、なだめるように手のひらを向けてきた。

「もういいわ。やってやろうじゃないの」

アニアは閉ざされた扉に向き直った。ここであれこれ言っても始まらない。

初日早々にクビになるわけにはいかないのだから。

「情報をちょうだい。ティム。わたしは王女殿下のことをまだ何も知らないんだもの」

まずは相手を知ることからだ。

……必ずお姫様をここから引っ張り出してみせる。

アニアはそう決意して、従兄に向き直った。


アニアが訪ねた時、王太子リシャールは執務室で机に向かっていた。部屋に入ったティムとアニアに気づくとわざわざ立ち上がって歩み寄ってきた。歳格好はティムより一歳年下の二十四歳だと聞いていたが、さすがに落ち着きと風格がある。

……うわ。ティムより背が高い人なんて初めて見た。

小柄なアニアには目の前に巨大な壁が近づいてきたように感じられた。

しかも身幅《みはば》もあって日頃から鍛《きた》えているのがわかる。まるで彫像のようなたくましさだ。

王子様というより生え抜きの軍人という雰囲気にアニアは目を瞠《みは》った。

護衛より体格がいいなんて予想外だわ。もっと色白で優雅な人を想像していた。短く刈《か》った黒髪に縁取《ふちど》られた顔は精悍《せいかん》で柔らかさが全くない。金褐色《きんかっしょく》の瞳はまるで鷹《たか》のように鋭い。

ただ、こちらに向けられる表情は厳格《げんかく》そのもので、アニアは緊張感でドレスのスカートを握りしめた。

何これ、いきなり尋問《じんもん》でも始まるんだろうか。何か問題があったとか？

そう思いかけたところへ、真上から重々しい低い声が響いてきた。

「バルトの従妹《いとこ》か。あまり似ていないな。まずは、とりあえずエリザベトに会ってきてもらおう。できるものならな」

「あの……殿下……？」

ティムが慌てた様子でリシャールに言いかけたが、手で制される。

「エリザベトは普段書庫からほとんど出てこない。呼び出しにも応じない。こちらも困っている。だから、無事に君が彼女を書庫から連れ出してくれれば、正式に女官として認めてやろう」

身分的にも物理的にも上からの言葉にアニアは押しつぶされた気分になった。

王宮仕えにほいほい応じてきた田舎貴族の娘だから、馬鹿にされるのは覚悟の上だったけれど、まだまだ考えが甘かっただろうか。

すでに何かに失敗したのならまだわかるけれど、仕事を始める前からこの圧力って……。

さっさと田舎に帰れってことだろうか。

けれど、こちらにも都合がある。はいそうですか、って簡単に帰るわけにはいかない。

ちゃんと胸を張って堂々としてなきゃ。

アニアは冷淡にこちらを見おろしてくる金褐色の瞳を受け止めてから、余裕のある笑みを繕《つくろ》った。

「かしこまりました。王女殿下には誠心誠意お仕えさせていただきたく存じます」

必ずやり遂《と》げてみせるという決意を込めて答えたら、相手が軽く目を見開いたのがわかった。

……あんな怖い王太子殿下相手に、よく頑張ったと思う、わたし。

今まで王女殿下付きになった女官はあまり長続きしなかったと聞いていた。

だから、いくらティムの口添えがあったとはいえ、アニアのような田舎貴族の娘にお声がかかったのかもしれない。

だからってあれでは気の弱いご令嬢とかだったら恐怖で気を失うかもしれないわ。

そう思いながらアニアは扉の向こうにいる人物に考えを巡《めぐ》らせていた。

最初聞いた時は悪い冗談だと思ったけれど、どうやら本当に王女殿下は書庫に寝泊まりしているらしい。

ここから連れ出すように命じられたからには、向こうから出てきていただくしかない。

「つまり、王女殿下は本がお好きというより、何でも手当たり次第に文字を読むのがお好きなのね？」

まずどういう傾向の書物が好きなのかとティムに訊《たず》ねたら、何でも、という言葉が返ってきて戸惑った。

「そうだね。そんな感じだ。しかも、一回読んだものはほとんど二度とは読まないくらいの記憶力をお持ちだ。とても利発な方だよ。最近では王太子殿下も諦《あきら》めて帳簿まで差し出していらっしゃるみたいで」

「……帳簿でも読めればいいってこと？」

「まあね、使用人が拾ってきた芝居のチラシを読んでいらしたこともあるくらいだし」

それはまた。重度の文字中毒だ。

アニアも書物は嫌いではないけれど、帳簿は読みものではないと思う。それに、興味深い書物はすり切れるまで何度でも読み返して味わいたい。

いったいどんな方なのだろう。まるで飢《う》えを満たすかのように文字を読み続けるなんて、アニアには想像できなかった。

とりあえず扉をノックしてみたりしたけれど、全く反応がなかった。侍女《じじょ》に確認したら、食事はとっているらしいけれど、姿を見たのは三日以上前だという。夢中で本を読んでいると周りの物音さえ聞こえないくらい没頭《ぼっとう》するので、声をかけても答えない事の方が多いそうだ。

三日も人に目撃されないって……どこの野生生物なのそれは。

こんな綺麗な王宮の中で、誰にも会わず書庫に籠もってじっとしているなんて、まるで虜囚《りょしゅう》みたいだ。そこまで人と会わずに本を読みたいのだろうか。それとも人と会いたくないほどお辛《つら》いことでもあるのだろうか。

こんな状況だから年の近い話し相手が必要だと思われたのかもしれないけれど、本人が必要ないと思っていたら。

いいえ。そんなことを考えるのは後だ。まずはこの状況を変えないと。

野生生物……書物……。

そう考えてから、アニアはティムに振り向いた。

「いい方法があるわ。とりあえず仕立屋を待機させておいて。手の空《あ》いている侍女がいたら手伝ってもらいたいのだけど」

「わかった。声をかけてくるよ。……大丈夫なの？」

ティムの声に心配が混じっているのがわかったので、アニアはきっぱりと答えた。

「大丈夫よ。どうせ失敗しても王女殿下が舞踏会に出られなくて困るのはわたしじゃないもの」

そうして段取りを明かすと、ティムが淡青色の瞳を瞠ってそれから破顔した。

「いいね。やっぱりアニアは変わってないなあ。準備は任せて」

そう言ってアニアの肩にぽんと手を置くと、そのまま走り去った。

このくらいで諦めたりするもんですか。まだ帰るわけにはいかないのだから。

アニアはもう一度目の前にそびえ立つ重厚な扉を見上げた。


アニアの実家クシー伯爵家は、祖父の代までは王宮で重要な官職を務めるほどの名門だった。ところが祖父が二十年前権力争いで王宮を追われてから没落《ぼつらく》の一途をたどるようになった。それ以降、何の地位もないただの地方領主。しかも祖父が追放されたときに所領を半分取り上げられて、経済状況も悪化した。

つまり、きっぱりと言ってしまえば、伯爵とは名ばかりの貧乏貴族なのだ。

なのに父も母も暢気《のんき》で、王都に出かけては賭博《とばく》だの夜会だのサロンだのと今まで通りの派手な交友関係を続けているものだから、借金はかさむ一方。

跡取り息子の兄も両親と似た性格なので、全く救いがない。

そうして屋敷も借金の抵当に入ってしまって、ようやく借金がとんでもない額になっていることに気づいたら、彼らはアニアにやたら干渉《かんしょう》するようになった。

それまでは西部の領地で比較的自由に暮らせていたのに、行儀作法の教師をつけたり、外出には侍女をつけるようになったり。仲の良かった従兄のティムとも自由に会えなくなった。

財産のない次男坊に嫁《とつ》がせるわけにはいかないから、早くいい嫁ぎ先を決めなくてはね、と両親が話しているのを聞いてアニアは彼らの思惑《おもわく》に気づいた。

率直に言えば、アニアに玉の輿《こし》にのって欲しいということらしい。

金持ちであればかなりな年上だろうが後妻だろうが家名目当ての成金だろうが……と言われて、さすがに露骨《ろこつ》すぎて呆《あき》れてしまった。

貴族の結婚は家長が決めるのだから、相手が素敵な貴公子とは限らないのは覚悟していた。けれど、お金があれば誰でもいいというのは情けない気分になる。

このままではどんな家に嫁がされるかわからない。それでも従うしかないのだろうかと悩んでいたところへ、宮仕えの話が舞い込んできた。

同い年の王女殿下にお仕えしてほしいという。アニアの事情を知っていたティムが口添えをしてくれたらしい。

オルタンシアの王都リール、その中央に凜《りん》と咲き誇《ほこ》る白薔薇のようなリール宮殿。

アニアにとっては憧《あこが》れの場所。そこに住まう方々はどのような暮らしをなさっているのだろう、と一気に妄想《もうそう》が膨《ふく》れ上《あ》がった。

両親は、あわよくば王族や高い地位にある人に見初《みそ》められてくれればという皮算用もあってか了承してくれた。

「今後の縁談にも関わることですから、くれぐれもおしとやかに。慎《つつ》ましやかにね」

「我が家の今後はお前にかかっているんだからな」

そう言って下心満載に送り出してくれた。

ただ、その前日、あわよくば王の寵姫《ちょうき》か王太子のお手つきになってくれれば、と彼らがひそひそと話しているのを聞いてしまった。

もっと慎ましい生活をして浪費を抑えて、領民の声を聞いて所領を豊かにする努力をしていれば、ここまで借金が膨らむこともなかっただろう。なのに。

彼らはこの先も自分たちの行動を改める気持ちなんてないのだ。アニアの嫁ぎ先から金銭的《きんせんてき》援助を得れば、また贅沢《ぜいたく》ができると思っている。

欲しいものに忠実というか正直なのは悪いことではないと思う。でも、それを自分の努力ではなく娘の嫁ぎ先に頼ろうという安易《あんい》な無邪気さはどうにも納得がいかなかった。

しかもアニアだって金持ちに嫁げば贅沢できて幸せになれるのだから、と全く悪気もなく思っているのだから何を言ってもわかってもらえない。

だからアニアは決めた。自分のために王宮で働こうと。ここにいる間は両親の干渉も届かない。自由だ。

何が自分の幸せか、そのくらいは自分で見つけたい。

そりゃ生きていくのにお金がないと困るのはわかっているし、貴族の結婚は家同士のことだからアニアが勝手に決められないのもわかっている。

……でも、自分の人生だもの。まだ諦めたくないんだもの。

親たちは頼りにできない。家に戻ったら縁談を進めにかかるだろう。

それなら、どんな変わり者の王女様だろうと、お仕えしてみせる。

アニアはレリーフを施《ほどこ》された重厚な扉を強めに叩いた。大きく息を吸い込んで、できる限りの声で呼びかける。遠くの羊を呼び戻せることができるほど声量には自信がある。

「王女殿下。本日より殿下にお仕えさせていただきます。クシー伯爵の娘、アナスタジアと申します」

大声に驚いてか、中で何かが倒れるような物音がした。どうやら聞こえているらしい。

「お近づきのご挨拶に、先ほど手に入れたばかりの新しい書物をお持ちしました。なかなかお出ましいただけないと伺いましたので、こちらに置かせていただきます。それでは失礼いたします」

それだけ言うと、扉を開けてすぐ目につく場所に一冊の書物を置いた。

ぎりぎり扉から出ないと手が届かない絶妙の距離を意識して。

それはアニアが先ほど手にしたばかりの革張り表紙の真新しい本。

ティムの話では一度読んだ本には興味を失うらしいので、新しいという言葉には反応してくるはずだ。

本好きなら読んだことのない書物の誘惑には勝てないだろう。

アニアは物陰に隠れて様子をうかがっていた。おそらく足音が遠ざかったのを中から確認しているはずだ。

周囲が静かになった頃合いを見てか、ゆっくりと重い扉が開いた。中から出てきた人物が本めがけて踏み出した瞬間にアニアは周囲に合図した。

まだ、完全に扉から離れてから。退路が残っているうちは動いちゃいけない。

相手は頭がいいから、警戒心は絶対に忘れていない。

領地で暮らしていたとき動物を餌《えさ》でおびき寄せて捕らえていた経験が王宮で役に立つとは。というか野生動物と同じ捕まえ方で大丈夫なのだろうか。

やがてその人物が本を手に取って、背後の扉が完全に閉まったのを見て、アニアは声を上げた。

「確保ーっ」

隠れていた侍女や女官たちが一斉《いっせい》に動き出した。その手にはおのおのブラシや着替えなどを持っている。

書庫の扉を塞《ふさ》いでぐるりと目標の人物を取り囲む。

華奢《きゃしゃ》ですらりとした長身の少女はその真ん中できょとんとした様子で周りを見回していた。手にはしっかりと書物を抱《かか》えている。

自分で纏《まと》めようとして失敗したのか絡まってめちゃくちゃになった長い金髪と、あり合わせのお仕着せを適当に纏ったような雑な服装。

「……一体何事だ？」

戸惑ってはいるが、威厳《いげん》のある口調で周囲に問いかけてきた。

……この方がエリザベト王女殿下。

間近で顔を見た瞬間アニアは驚いた。

陶磁《とうじ》のように真っ白な肌と計算され尽くした完璧《かんぺき》な配置に金褐色の瞳がある。薔薇色の唇はふっくらと愛らしい。名だたる詩人たちが美辞麗句《びじれいく》を並べても、おそらく表現が追いつかないほどに。

こんなにお美しいのに。この乱れた服装が残念すぎる。

何とかしなくては。磨《みが》けば美しくなるとわかっていて磨かないわけにはいかないじゃない。宝石は磨き上げてこそだもの。

謎《なぞ》の使命感が湧き上がってきて、アニアは早口に説明した。

「畏《おそ》れながら王女殿下。そちらに仕立屋を控《ひか》えさせております。すぐに舞踏会のドレスの採寸をさせていただけないでしょうか」

「……採寸？　それはうっかりしていたな」

まったく悪びれない様子で首を傾《かし》げる。けれど、何度も手紙を食事とともに届けてあったと聞くので、うっかりというか覚える気があったのかも疑わしい。

帳簿を読むほど文字好きならその手紙を読んでいないはずがないわよね……。

「これ以上遅れては仕立屋を困らせてしまいますので、どうか、よろしくお願いします」

アニアが深く一礼すると、相手は手の中の書物をちらりと見てから問いかけてきた。

「わかった。そなたはなかなか私の趣味を心得ているようだな。そなたに免じて採寸を許す」

「恐れ入ります」

とりあえずは仕立屋の前に出せるくらいには体裁《ていさい》を整えなくてはならない。アニアが目配せすると周りの侍女たちが心得た様子で大きく頷いた。

すぐに王女が寝泊まりしていた控えの間の扉が開け放たれ、そこで身支度《みじたく》をすることになった。

乱れていた髪は香油で丁寧に櫛《くし》を入れると、見事なまでに輝きを放ち始める。きちんと結ってまとめると、陶磁人形のように可愛《かわい》らしい貴婦人が完成した。

何て美しい。ここに来て初めて、理想的な王族を見た気がするわ。

ただ、侍女たちが総動員で作業をしている間も、その後仕立屋が招き入れられて採寸しているときも、彼女は本から一時も顔を上げなかった。

そして採寸も終わり、本を読み終わったあたりでやっとアニアのことを訊ねてきた。

「そうか。そなたはバルトの従妹なのか。確かに少し言葉の訛《なま》りが似ているな。それにしても、この書庫には手に入る限りの書物をそろえてあるというのに、書物を手土産《てみやげ》にするとは度胸がある」

たしかに、適当な書物を買って持ってきただけでは、以前読んだことのあるものには興味を持たないというこの人には効果がなかっただろう。

「……こちらの書庫には絶対にないと確信していましたから」

その点では自信があった。

「ほう。理由は？」

「それはわたしが趣味で作った本だからです」

そう答えると、相手は金色の目を瞠った。

「なんと、そなたがこの物語を書いたのか。それは興味深い。気に入ったぞ」

「……殿下のようにお目の肥《こ》えた方には物足りないかもしれませんけれど」

「そのようなことはない。私は本がないと退屈で死にそうになるが、本を作る人間に会ったのは初めてだ」

本に関することには興味があるらしく、瞳が輝いている。こんなに興味を持たれるとは思わなかったアニアは戸惑《とまど》ってしまった。

アニアの趣味は物語を執筆《しっぴつ》することだった。書いているのは架空の王宮を舞台にした貴公子や貴婦人の恋物語だ。

けれど、幼い頃からほとんど領地で過ごしていたので華《はな》やかな宮廷の世界はすべて妄想でしかない。頭に浮かんだ光景を思うままに書き連《つら》ねているうちにかなりの量になっていた。

物語を綴《つづ》っている間は楽しくて、周りの雑音も何も気にならなかった。

けれど、この趣味について初対面で肯定的《こうていてき》に言ってもらえると思わなかったので、感激で頬が熱くなった。

「そう言っていただけるとうれしいですわ。書き物ばかりしていたので、貴婦人らしくないと変わり者扱《あつか》いされていましたもの」

今まで唯一の読者は従兄のティムだった。彼はアニアが書きためていたものを、王宮仕えが決まったお祝いにと製本屋に依頼して本に仕上げてくれたのだ。

王女に渡したのはその第一巻だった。

素人《しろうと》が書いた本なのに、彼女は珍しい宝物を見つけたかのようにそれを大事そうに抱えると、アニアに向き直った。

「そうか。だが変わり者の度合いなら私も負けぬぞ。古今東西《ここんとうざい》で書庫で寝泊まりする王女は私くらいのものだからな」

自慢するんだ……変わり者だという自覚はあったの……。

アニアはすっかり気が抜けて正直に答えた。

「……ご自分でおっしゃいますか。確かにわたしも殿下には敵わないと思いました」

王女は得意げに微笑んだ。

「そうであろう。……リザでよい。特別に許す。そなたはなんと呼べば良い？」

「では、わたしはアニアとお呼びいただければ」

「……そうか。ではアニア。私が嫁ぐまでの短い間だが、よろしく頼むぞ」

それで思い出した。この王女は来年にも隣国アルディリアに嫁ぐことになっている。だから、アニアの任期は長くてもそれまでだ。

この華奢ではかなげな雰囲気《ふんいき》の王女もまた政略結婚から逃れられないのか、と思うとアニアは胸が痛かった。

きっと悲痛な覚悟をなさっているにちがいないわ。祖国を離れなくてはならないなんて、お辛いはずですもの。

祖国での楽しい思い出が作れるようにお力にならなくては……。

アニアがそんな決意をしていると、王女はところで、と顔を上げた。

「この本の続きはないのか？　なかなか興味深く面白《おもしろ》かったぞ」

「畏れ入ります。……部屋にありますので、のちほどお持ちします」

他の荷物と一緒に部屋に置いてあるので、取りに行けばいいだけだ。

けれど、彼女はそれでは納得がいかないという様子で更《さら》に問いかけてきた。

「そなたの部屋にあるのだな？　どこだ？」

「殿……いえ、リザ様のお部屋の近くにいただいております」

王族が居住している北棟《ほくとう》の彼女の部屋は、現在全く使われていない。

けれど、アニアの部屋はその近くに与えられていて、はっきり言って書庫からは遠い。

「そうか。では今夜から私もあちらに戻るとしよう。……それで、そなたはまだ私に何か隠していないか？」

金褐色の瞳が何ものも見透かそうとするかのように、アニアに向けられていた。

「……隠しごと……ですか？」

話していないことはたくさんある。何しろこの人に会ったのは今日が初めてなのだから。けれど、隠しごと、となると何か意味合いが違う気がした。

「隠すというかまだお話ししていないことが多すぎてわからないのですが……」

そう正直に答えると、王女はふっと口元に笑みを浮かべた。

「なるほど。その通りだな。……ところで、侍女の数が少ない気がするのだが、何かあったのか？」

「……そういえば、忙しくて人手が足りないとか……」

教えてくれたティムも忙しいらしくて、仕立屋の手配などが済むと、仕事に戻っていった。

何か大きな行事でもあるのだろうか。ただ、それならば事前にいくらかは準備をしておくはずだ。

「ふうん。どうやら到着したのかもしれないな」

「到着……ですか？」

王女はあまり感慨《かんがい》もない様子で呟くと、アニアに微笑みかけてきた。

「……我が未来の夫君《ふくん》が」

そう口にする彼女の目だけが冷たく凍《い》てついているように思えて、アニアはどう答えていいものかと戸惑った。


リザが本来の住まいである北棟の部屋に戻ったころ、王女の婚約者アルディリア王国第一王子エマヌエルとそのお付き一行が王都に到着したとの知らせがあった。

来週の舞踏会直前に王都入りする予定だったのだが、繰り上げてやってきたという。おかげで迎え入れる準備のために人手を取られて王宮内は慌ただしくなっていたらしい。

舞踏会にはリザも出席しなくてはならないとティムは言っていた。それは婚約者が訪ねてくることと関係があるのかもしれない。

アニアがじっと表情をうかがい見ていると、リザは興味なさげに頷いて、報告に来た女官を下がらせた。

「やれやれ、招いてもおらぬのに身勝手なものだ。アルディリアが約束を守らないのは今に始まったことではない。そうしてこちらを惑わせようとしているのだろう」

「惑わせる……って、婚約者にそのような……」

そう言いながらもアニア自身、アルディリアという国にいい印象を持っているわけではなかった。

アルディリアとは東に国境を接する隣国ではあるが、仲が良かった歴史の方が短いという複雑な関係だ。今でも深い信頼関係にあるとは言えない。

現在アルディリアは南にある大国ガルデーニャとの小競《こぜ》り合《あ》いが続いているので、今はこちらとの関係をこじらせたくないのか、政略結婚を申し出てきたらしい。

つまりリザの結婚が、おおよそ二十年ぶりに両国に同盟関係をもたらすことになる。

「もともと彼らがこの国に来るのはベアトリス様へのお見舞いをするためだ。そのついでに来週の舞踏会に出席することになった。まあ、平たく言うと、婚約者の顔が見たいということらしい」

先代国王の妃《きさき》、ベアトリス王太后《おうたいごう》はアルディリア王女。現在は王都郊外の居城《きょじょう》で静かに暮らしている。実は彼女は二人目の妃で、リザの父である現国王の母后ではないため、リザとは血が繋《つな》がっていない。

「たしか、ベアトリス王太后陛下はエマヌエル殿下の伯母上《おばうえ》でしたね」

「そうだ。よく知っているではないか」

アニアは内心ほっとした。事前に王家とそれに連なる方々のことを調べてきてよかった。

「それでは舞踏会がエマヌエル殿下との初顔合わせということになるのですか?」

なるほど、それならばリザを書庫から出さなくてはならないわけだ。わざわざ婚約者が隣国から訪ねてくるのに、本人が舞踏会欠席ということでは様にならない。

「まあ、その通りだ。だが、ついでに来るくらいなら婚儀《こんぎ》まで待てぬのかとは思うがな。おかげで私まで舞踏会に出なくてはならなくなったのだぞ。そのためにドレスを新調するなど、無駄な出費ではないか。本を読む時間も減らされるし。いい迷惑だ」

リザはドレスの膝の上に本を拡《ひろ》げて、テーブルの上に並んでいた焼き菓子を物憂《ものう》げに一つ摘《つ》まんだ。

その動きに合わせて揺れる黄金の髪は柔らかな曲線を描いていて、白い肌には濃い赤のドレスがよく似合っている。

本人は無駄とは言うけれど、婚約者に初めて会うのならそれなりの服装は必要ではないだろうか。それに何よりリザは飾り甲斐《がい》がありそうだ。

「けれど……結婚前にお会いになりたいなど、ずいぶんと情熱的ですね」

リザはアニアの言葉に、どうだか、と呟《つぶや》いた。

「情熱的というより、単なる好奇心だろうな。どのようなご立派な御仁《ごじん》かは知らぬが、書庫の本一冊分くらいは楽しませてくれるだろうか」

どうやらリザの人間評価は本何冊分か、という表現になるらしい。

情熱的とは言ったものの、花嫁《はなよめ》の顔を婚礼前に見たいなどというのは本来は不躾《ぶしつけ》な行動だ。

王族の結婚ともなるとせいぜい肖像画の交換くらいで、婚礼まで顔を合わせないことのほうが多い。

「そうですね。書物は何かしら得るものがありますけれど……」

「その通りだ。それに、会ってみて気に入らなくても簡単に取りやめられるものでもない。だったら時間の無駄であろう。それとも殿方には、結婚相手の顔を一刻も早く見ないと死ぬ病でもあるのか？」

「わたしにはわかりかねます。でも、何かと我慢のできない殿方はわたしの周りにもおりますわ」

父の賭博道楽や浪費癖《ろうひへき》を思い出しながらアニアは答えた。

「それはわかる。父上も若い女性を見ると目で追いかけているからな」

そう言うとリザは本を静かに閉じた。

「この本に出てくる貴公子のように、一人の女性だけを愛したいとか言う美男子がアニアの理想なのか？」

「いえ。その主人公はわたしの妄想の中の人ですから」

そう答えると、そういうものなのかとリザは不思議そうな顔をした。

「てっきり理想なのかと思った」

アニアの書く物語の主人公は架空の国の貴公子エルウッド。国王の隠し子という出生の秘密を抱えつつ陰《かげ》ながら王家を支え、そしてずっと一人の女性を運命の相手だと想い続けている。

美男子で高貴な生まれで何でもできて剣も強くてモテるけれど浮気は絶対しない。それはアニアが頭の中で考えた架空の存在でしかない。

「理想というか。わたしはかっこいい貴公子がただ一人の貴婦人と恋に落ちる、という光景を見たかったんです。一途な愛って萌《も》えますよね。わたしにはこんな恋愛ができるとは思えませんから、せめて見守りたいというか、側《そば》でずっと観察したいというか……」

アニアは思わず力説してしまった。

物語の中だけでもそんな美しい恋愛が見たい。その妄想がアニアの執筆の源《みなもと》だ。自分がそうなりたいという気持ちはなかった。

現実では、お金持ちというだけの相手に嫁がされそうになっている。

だけど書いている間だけはそのことを忘れられるから。だから書き続けている。

「なるほど。つまり、アニアは語り手だからこの貴公子と恋をするわけにはいかないのだな」

リザは腕組みをして頷いた。

アニアはそれを聞いて驚いた。リザはちゃんとアニアの言葉を聞いて理解しようとしていてくれる。

自分のような新米の側仕えの話をそこまで考えてくださるなんて。

「それにしても、想像だけでここまで書けるものなのか。なかなか興味深い」

「そう言っていただけるのはうれしいです。わたしは王都に来たのも半年前ですし、王宮に入ったのも初めてで……ですからおかしなところがあると思います」

アニアがそう答えると、彼女は今度こそ困惑した顔をした。

「……全く初めてだというのか？　それはすごいな」

「田舎暮らしだったので、色々空想する時間だけはあったんです。でもやっぱり……実際に見てみると想像とはかなり違っていましたから」

アニアが思っていたよりも、王宮はゴテゴテときらびやかに飾り立てた様子ではなかった。

やはり想像と現実は違うんだと思った。

架空の王宮のお話とはいえ、本物の王女であるリザから見たら不自然なところもあっただろう。

なのにこんな風に褒《ほ》めてくださるなんて、お優しい方だわ。

「まあ、それはそうであろうな。たとえば？　一番想像と違っていたのは何だ？」

問われて一番に頭に浮かんだのは一人の男の顔だった。

それで、執務室でリシャールに言われたことを失礼に当たらない程度におし包んで打ち明けると、リザは意外そうに目を丸くしていた。

「兄上がそんなことを？　やれやれ」

「……おそらくお立場があってのこととは思いますから」

アニアはそう付け加えた。自分が勝手に王子様というのはこういう人だろうかと想像していただけのことなのだから。

リザは呆れたように肩をすくめた。

「まあ、確かにリシャール兄上はこの本に出てくる貴公子とは似ても似つかないが。……そうか。ならば後で文句の一つでも申し上げねばなるまいな」

「……リザ様」

「アニアのことは私ができる限り守ろう。心配はいらぬぞ」

リザは人形のように美しい顔に満開の薔薇のような笑みを浮かべた。

何てお優しい姫だろう、とアニアが感動すると、彼女は手にしていた本を示して問いかけてきた。

「……ところで、この本の続きはあるのか?」

読んでいただけるのはありがたいけれど、速すぎないだろうか……。さっき二冊渡したばかりなのに。

さらに続きを所望されるとは思いもしなかったので、アニアは再び自室に走ることになった。が、リザの部屋を出たところで廊下の向こうからこちらへ歩いてくる男性二人に気づいた。

……王太子殿下。

それと数歩下がって付き従うティム。

さっきリザにあれこれ話してしまった手前顔を合わせたくなかったので、とっさに手近な部屋に飛び込んでやり過ごした。

足音がリザの部屋の中に消えたのを確かめてからそっと廊下に戻ると、今度は女性たちが中庭で声高に話をしているのが聞こえてきた。

おそらくは服装からしてそれなりの地位にある貴族なのだろうけれど、白粉《おしろい》をはたいて、まるで幽鬼《ゆうき》のような青白い顔をしている。

王都で貴婦人たちの間で流行している化粧らしい。儚《はかな》げにか弱そうに見えるのがいいのだと か、母が言っていたのを思い出した。

とはいえ、話している内容は儚くか弱いものではなかった。

「書庫の姫はやっとお出ましになったとか。ずいぶんと酷い有様《ありさま》だったようですわ」

「何でもお化粧もなさらずにずっと籠もっていらっしゃったとか。まるで山猿《やまざる》ですわね」

「そのような色香もない方だと知れば、先方が愛想をつかされるのではないかしら」

「あちらは豊満な女性がお好みだとかで、早速城内でお声をかけていただいたという方も多いようですわ。舞踏会であの方を見てがっかりなさるかもしれませんわね」

「相手を代えてくれなどと、言われなければいいのですけれど」

その後は当てこすりのような会話が延々と続いた。

名前こそ出していないが、書庫の姫というのが誰のことかは明らかだろう。あちら、というのがアルディリアの王子。

リザが相手の好みに合わないとか、どうせ政略結婚だからと相手に同情するとか、どういう言い分だろう。

なんで向こうの好みに合わせなきゃいけないの。彼女はこの国と隣国の関係改善のために嫁ぐというのに。

そもそも、あれほど利発でお美しくて、新米女官にも優しくしてくださるような方がどうしてそこまで言われなければならないのだろう。

そっと窓に近づいて、話している女性たちを盗み見た。

そして、笑いながら語り合うその姿に強烈な不快感がこみあげてきてアニアは戸惑った。

何だろう。あれはダメだ。

……とても悪いことが起きるような気がする。

けれど、こんな漠然としたことを、これから婚約者との顔合わせを控えているリザに告げてもいいのだろうか。

そう戸惑っているところへ、通りがかった他の女官から声をかけられた。具合が悪いのかと思われたらしい。

しっかりしなさい。アナスタジア。あの方をお守りしなくては。

アニアは足に力を込めて、真っ直《ま す》ぐに背筋を伸ばした。

ここは夢や妄想の中ではなく本物の王宮なのだから。油断していたらお話の中ではなく、本当に目の前で事件が起きてしまう。

……リザの周りでそんなことはあってはならない。起こさせるものか。

＊　＊　＊

なるほど、興味深い。

リザは膝に載せた本をもう一度開いて、こっそりとほくそ笑んだ。

新入りの側仕え、クシー伯爵令嬢アナスタジアは珍しい種類の人間だった。あまり人に興味を持たないリザの関心を引いたという点で。

王宮ではあまり見かけない血色のいい薔薇色の頬をした小柄な少女。豊かな黒髪と好奇心にあふれた大きな青い瞳。偽《いつわ》りと建前とお世辞にまみれた場所にはあまりに不似合いに見えた。けれど、彼女が書いたという本は内容こそたわいもない恋愛小説だが、一度も王宮に来たことがない人間が書いたものだとは思えなかった。これを妄想だけで書けるものだろうか。

本人は王宮にまったく染まっていないのに、話の背景になる記述は貴族たちの駆け引きを知り抜いたような熟《う》れ感《かん》がある。

あまりに不釣《ふつ》り合《あ》いだ。そのちぐはぐな印象にリザは一番興味を引かれた。

……だが、これは少々危ういな。

リザは白い指で本の表紙の文字をなぞりながら、小さく息を吐《は》いた。

クシー伯爵家。その名前は父からよく聞かされた。先代の伯爵は宰相《さいしょう》を務めていたという。

あの家には時々傑物《けつぶつ》が出るのかもしれない。

そう物思いにふけっていると、侍女から王太子の来訪が告げられた。

……リシャール兄上か。

どうやらリザが書庫から出てきたのが伝わったらしい。

面倒だが相手をせねばなるまい、とリザは本を傍《かたわ》らに置いて立ち上がった。

リシャールはいかにも武人という印象の大男だ。文武両道、目つきも鋭く凛々《りり》しい印象から、次期王位継承者として完璧だと臣下《しんか》も褒めちぎるほどだ。

……とはいえ、完璧な人間などそうそういるはずもない。

「リザ。悪かった。もっとゆっくり書庫で読書させてあげたかったのだけれど。気を悪くしていないだろうね？」

王太子は挨拶もそこそこにリザに歩み寄ってきた。

「何をおっしゃるのやら。私が出てこなかったら困るのは兄上たちでしょう？　それに、兄上がアニアに意地悪をおっしゃったと聞いていますし」

「アニア？」

「クシー伯の娘です。兄上が呼び寄せたのでしょう？　私が書庫から出なかったら雇《やと》わないとおっしゃったとか。ずいぶんと意地悪でいらっしゃる」

リザがそう応じると、リシャールは気まずさを誤魔化すように一瞬目線をそらした。

「違う。別に意地悪など言ってはいない。最初の仕事としてリザと会ってくるように言っただけだ」

やれやれ。兄上のような強面《こわもて》にそう言われたら、大概の者は萎縮《いしゅく》して何もできなくなるだろう。まして、アニアのような小柄な少女にその態度はないだろう。

自分の与える影響も少しは考えてもらわねば。

リザはチラリと部屋の隅で口元に力をいれて表情を出さないように控えているティモティ・ド・バルトに目を向けた。

「また人見知りが発動したのですか」

「言わないでくれ。……否定はしないが。バルトから従妹の話を色々と聞いていたからな。一度会ってみたいと思ってはいたんだ。だがいざ目の前にするとおかしなことを口走ったりしてはならんと思って……確かに緊張した。反省はしている」

素直に認めるのは美徳だが、とリザは溜め息をついた。

興味のある相手であるほど、あれこれ考えすぎて空回《からまわ》りする。そんな繊細《せんさい》な男だと知っているのはごくごく側近のみだ。

アニアがこの兄のことを無愛想で冷淡な人だと思い込んだのはほぼ間違いないだろう。

初対面の少女に気を使いすぎたあげく、無愛想な態度を取ってしまったなどと伝わるはずもない。

「特定の女性に会ってみたいとは、兄上にしては珍しいこともあるものですね」

今年二十四歳になる王太子には妃がいない。婚約者に内定している相手はいるがまだ式の時期も決められていない。そろそろ寵姫《もう》を設けるべきかと周りが気を回し始めている。

ここで王太子が興味を抱《いだ》く令嬢があらわれれば大騒ぎになるだろう。

「……言っておくが、別に色恋沙汰《ざた》の絡むことではないぞ？」

リシャールが付け加えてきた。ならばとリザは傍らに置いていた本を差し出した。

「おおかた彼女の書いたこの本のことでしょう？　私も驚いたので」

それを見た兄が血相を変えた。テーブルを蹴倒《けたお》しかねない勢いで立ち上がる。

「え？　ちょっと待った。『貴公子エルウッドの運命』の三巻じゃないか。オレはまだそれを読んでいないぞ。続きが気になっていたのだ。どうやって手に入れた？」

「え？　これは本人が……」

リザはその勢いに驚いた。

兄がこの小説の内容に興味を持っていたとは思わなかった。色男の貴公子が一人の女性を追い求めるという恋愛中心の物語だから、この兄がそこまで傾倒するとは予想外だ。

……いつの間にここまで熱中していたのか。

本を開いて興奮した様子の兄を見て、リザは背後に控えていた護衛の男に目を向けた。

「……バルトよ。兄はいつもこうなのか？」

赤銅色の髪をした長身の護衛はやんわりと肯定する笑みを浮かべると、丁寧《ていねい》に答えた。

「畏れながら、そのとおりです。製本したときに、こっそり余分を作ってお渡ししたのですが……。ずっと続きを催促《さいそく》されていまして」

「そなたには苦労をかけていたのだな。すまぬな」

彼がそんなことで振り回されているとは知らなかった。

「ありがたきお言葉でございます。ただ、彼女は自分の本が王太子殿下に渡っていることは知りませんので、できればご内密に」

そう言って彼は笑みの形を作った口元に指を立てる。

「そうだな。知れば萎縮《いしゅく》して書けなくなってしまうかもしれないな」

そう呟いたら、兄がこちらを恨《うら》めしそうに睨《にら》んできた。

「……ずるいぞ。彼女を独り占めして、話の続きを読む気だろう」

「独り占めもなにも。アニアは私の側仕えですから、兄上には渡しません」

リザはちょっとした優越感に浸《ひた》りながら、兄に微笑みかけた。

どうやら彼女の作品が好きだったので、本人に会いたかったということらしい。

けれどいざ会ってみたら考えすぎて緊張して人見知りが発動してしまったのか。

アニアはリシャールがここまで自分の小説に傾倒しているとは夢にも思わないだろう。

「殿下。落ち着いてください。殿下の分もちゃんと本は取り置いてますから」

「……ならばいい」

護衛に宥められる王太子という珍しい光景に、リザは唖然《あぜん》としてしまった。

女性との噂《うわさ》も全くない超堅物《ちょうかたぶつ》の兄が、恋愛小説が読みたいというだけでここまで食らいついてくるとは思いもしなかった。

いや、呆れている場合ではない。リザは話を元に戻そうと気を取り直した。

「……けれど、兄上、その本のことで……」

そう言いかけると、リシャールはふっと真顔になった。

「それもわかっているよ。だからこそ王宮に呼び寄せたのだ。彼女は危うい。こちらの手元に置いておかねばならない」

「……その通りです」

リザは頷いた。

やはり、兄も気づいていたのか。あの本の中の違和感に。

……彼女はまったくの妄想であの本を書いた、と言っていた。

けれど、その内容が現実に沿っているのだとはわかっていない。おそらくは今までさほど多くの人に読ませたこともないから、気づく者がいなかったのだろう。

彼女が書いている物語の舞台は架空の国の王宮とされているが、二十年以上前、先代国王の治世《ちせい》にそっくりなのだ。

物語に挟《はさ》み込《こ》まれた小さな出来事も、そして、王宮の構造も。まるでその当時その場にいたかのような表現で描かれている。

二十年前、この国は王位継承を巡る内乱とアルディリアとの戦争で荒れた。その後平和になってから王宮は大規模に改修と増築がなされ、かなり姿を変えた。

本人は自分の想像したものと王宮が違っていても、何の疑問も抱かないだろう。想像と現実が違うのは珍しいことではない。

リザですら当時の記録を読んでいたからこそ思い当たったのだ。

彼女には二十年前の王宮を「見る」機会はない。そもそも生まれてもいない。

だったら、どうしてこれほどまでに王宮内のことを知っているのか。

「彼女の祖父は当時王宮の中枢《ちゅうすう》にいた宰相だ。万一あの物語が当時、後ろ暗いものを抱えていた人物の目に触れたら。彼女が何か知っていると思い込んで危害を加えかねないだろう」

兄の言葉にリザは頷いた。

「そもそも、バルトは何も思わなかったのか？　前伯爵はそなたにとっても祖父に当たるのだろう？」

「殿下にご指摘いただくまで、気づきませんでした。それにアニアが生まれる前に祖父は亡くなりました。彼女の父は祖父と折り合いが悪かったので、おそらくアニアは祖父のことはほとんど知らないはずです」

クシー伯爵家の関係者で唯一当時の王宮を知っていたと思われる祖父は、彼女と一度も会っていない。

アニアより年長の従兄が全く知らないことを、どうして彼女はあれほど詳細《しょうさい》に描けるのか。

面白い。書物よりずっと面白いではないか。

リザは気持ちが高揚《こうよう》してくるのを自覚した。リザにとって周りの人間たちはあまり興味を引かない存在だった。

あからさまに媚《こ》びてきたり、皮肉を向けてきたり、陰口をささやいていたりして、何一つ自分の益《えき》にならないと思っていた。だからひたすら文字を目で追うことに没頭《ぼっとう》した。文字は面倒くさいことは言わないし、悪口も言わない。

この国にいられるのもそう長くはないが、楽しいことなどもうあるまいと思っていた。

享楽的《きょうらくてき》で退屈しのぎのために生きているような貴族たちを見慣れていると、彼女のように自分で楽しいことを作り出す図太さは目新しくて、そして、心を惹かれる。

「では、しばらく彼女のことはリザに任せることにしよう。ただし、新作の独り占めはしないでくれよ」

そう真顔で念押ししてリシャールは去って行った。


ほぼ入れ違いに本を抱えたアニアが戻ってきた。

途中で女官長たちに捕まって舞踏会までの段取りを教わっていたらしい。さっきまでリシャールがいたことを告げると、ほっとしたような表情になった。

「そこまで怖がらなくても、慣れれば大丈夫だと思うが」

「……そうですね」

アニアの言葉に力がない気がして、リザは思わず問いかけた。

「……何かあったのか？」

「いえ……たいしたことでは……」

「どこぞで私の悪口でも聞いたのか？」

本人のいないところで聞こえよがしに話す連中は大概ろくなことを言わない。

お世辞や褒めるのなら目の前に来るはずだ。

アニアは悔《くや》しそうに唇を引き結ぶと、拳《こぶし》を握りしめた。

「エマヌエル王子殿下が到着早々こちらの女性に興味をお持ちなようで、豊満な女性がお好みのようだとか噂している方々がいらして。あちらはリザ様に会うためにいらしているのに、酷い言われようではないかと。そのような酷い方だとは思いたくないのですが」

リザは思わず自分のなだらかな胸元に目をやった。言ってくれるではないか。王子本人の言葉なのか、それともそやつらの戯言《たわごと》か。

その噂話の主が聞こえよがしに言っていたからには、それを意図的に広めたいのだろう。つまり事実かどうかは怪しいものだ。

「おそらくそやつらはエディットの取り巻きだろうな。何にでも難癖《なんくせ》をつけたいだけだから放っておけばいい」

父の寵姫《ちょうき》エディットはことあるごとに王妃やリザに対抗心を燃やしている。その取り巻きたちも同様だ。今更気にしても仕方ない。

「……申し訳ありません。ご不快な話題を……」

アニアはまだそうしたあからさまな悪意には慣れていないのだろう。

物語の中でならそうしたものを描けても、目の前にしたことがないということか。

「大丈夫だ。政略結婚に好みなど言っていられないことくらい、あちらも承知のはずだ。そもそも私の母はガルデーニャ人だ。アルディリアにとっては敵国だ。だから、臣の中にはマドレーヌを嫁がせるべきだと言っている輩《やから》もいた。それでエディットの取り巻きどもが思い上がっているのだろう」

マドレーヌはリザの腹違いの妹だ。父の寵姫エディットの娘。庶子なので王女の地位はない。

彼女をエマヌエル王子に嫁がせるのでは、逆に難癖をつけられかねない。

それさえもわかっていないような者たちの言葉など、気にする必要はないのだ。

「そんな。リザ様はこの国のために嫁ぐというのに……酷すぎます」

「事情もわからぬ輩がそう言っているだけのことだ。まあ大丈夫だ。父上がお決めになったことだから、簡単には覆《くつがえ》りはしない。それに、エディットの父親は反アルディリアの強硬派ランド伯爵だ。あやつは今回の縁談自体反対していたからな」

アニアが急に表情を曇《くも》らせた。

「どうかしたのか?」

「……いえ。ランド伯爵は父と親しくしている方なので、驚いてしまって」

「驚くようなことを言ったか?」

「いえ……急に名前が出たので……」

その割には表情が硬い。どうもあまりいい印象を持っていないらしい気がして、リザはアニアの顔色を観察した。

ランド伯爵は少々鼻持ちならないところがあり、娘を王の寵姫にしてからは王宮内でも態度が大きくて、色々と反感も買っている。

誰が見てもわかりやすい野心家で、アニアのような純朴《じゅんぼく》で真っ直ぐな娘に好かれるような男ではないだろう。

「まあ、王宮に上がったばかりなのだから、まだ知らぬことも多いだろう。困ったことがあれば誰にでも尋ねればいい」

「……そうですね」

「今回に限らず、下らぬ噂をする奴《ヤツ》などどこにでもいる。いちいち気にする必要はない。アニアは主《あるじ》である私の言葉だけ信じていればいい」

リザが断言すると、アニアは青い瞳を輝かせて感動しているようだった。

面白いくらい表情がくるくる変わる。見ていて退屈しない。

「そうでした。わたしの主はリザ様ですから、他の人の言葉など取るに足りません。わたし、ずいぶん悪い方に考えてしまっていました。申し訳ございません」

どうやら気持ちが落ち着いたらしく、アニアは大きく頷いた。

「会ったばかりなのにずいぶんと私のことを買ってくれるのだな」

そこまで信頼してもらえるようなことをしただろうかと思いつつ、リザは苦笑した。

「だって、リザ様にはとても感謝しています。わたしの趣味をわかってくださったのですもの。家ではずっと認めてもらえませんでしたから」

アニアはそう言いながら、どこか諦めたような笑みを浮かべる。

彼女は元気で明るい印象を抱いていたが、決して恵まれていたわけではないらしい。

現在のクシー伯爵家は当代伯爵の賭博好きと奥方の贅沢好きのためにかなり困窮《こんきゅう》している

と聞いていた。跡取り息子がいるらしいが父親似だという噂だ。

そうなると、おそらく一人娘を金持ちに嫁がせようとするだろう。

貴族の令嬢らしい詩歌《しいか》の素養ならともかく、恋愛小説を書いたりするのはむしろ慎《つつし》みがないと思ったのかもしれない。

「両親はわたしが殿方に気に入られるような貴婦人になって欲しいようでした。そのための振る舞いを身につけろと。わたし、勉強はさほど嫌いではないのですけど、殿方のためにって言われるのは嫌でした。それに、妄想くらい自由にさせてくれてもいいのに、って思ってました」

その気持ちはリザにも理解できる。

立場にふさわしい教養や振る舞いを身につけるのは重要だが、別に男性の気を引くためにやっているわけではない。

「私も別にエマヌエル王子に媚びようとは思っていないし、それに、この先も好きな本に囲まれて過ごしたいというのは譲《ゆず》れんな」

そう答えると、アニアは大きく頷いた。

「そうですよね。好きなことは譲りたくないです。リザ様のお考えが正しいと思います」

「だが、おかげで変わり者だの書庫の姫だのと言われているのだ。あまりよいお手本にはならぬと思うぞ」

そう混ぜ返すと、アニアはちょっと戸惑ったような顔をした。

「……実はこれは内緒なんですけど、わたしも祖父の書庫に入り浸っていた事があるんです」

「ほう？」

アニアは表情豊かな青い瞳を輝かせる。

「領地の館には祖父の書斎と書庫があったんです。でも、父はその扉を家具で塞いで隠していたんです。小さい頃、両親の留守中にティムと探検していて見つけてしまって。すごい宝の山を見つけた気分でした」

リザは吹き出しそうになった。当代のクシー伯爵はよほど父親と折り合いが悪かったらしい。切れ者だった父と比べられて鬱屈《うっくつ》していたのだろうか。

そして、父が封じていた書斎を見つけてキラキラとした目で書架《しょか》を見上げる幼いアニアが目に浮かぶようだ。

「でも、見つかると両親に叱《しか》られるとわかっていたので、こっそり数冊ずつ持ち出してました。ですから殿下のお気持ちはわかります。さすがにお泊まりは同意できませんけど」

リザはそれを聞いて納得した。

あれほどの長さの文章を書けるのは、そうやって本を読んでいたからだろう。彼女の素養は祖父が残した書物によるものなのか。

「そうか。……おお、その手があったか。当分舞踏会の支度で書庫には行けぬと思っていたが、そなたにこっそり持ってきてもらうよう頼めばよいのではないか？」

アニアは頷いた。腕を上げて二の腕を指さす。

「はい。本を探すのでしたら得意ですし、畑仕事で鍛えたので力はありますよ」

「畑仕事？」

「ええ。祖父の書物に書かれていた異国の作物を育てていました。知り合いの商人に種を譲ってもらって。もし上手《うま》く育つようなら領民に勧めることもできますし。それに、恥ずかしながらわたしの家はさほど裕福ではないので、倹約のつもりもあって。あと、罠をしかけて獣《けもの》を捕らえたりとかも……」

「罠？」

「ええ。畑を荒らしに来る鹿《しか》を捕らえるのは特に大変でしたわ。とても注意深くて賢いんです」

リザはそれを聞いて、アニアにますます興味を抱いた。こんなに面白い伯爵令嬢はそういないだろう。

「なるほど。私を書庫からおびき出すなど、お手の物だったのだな。見事な罠だったぞ」

「あ……いえ。そのようなつもりでは」

焦《あせ》った様子のアニアを見て、リザは吹き出した。

変わり者はお互い様か。では我らはいい組み合わせということか。

しばらくアニアとあれこれと話しているうちに、ふと彼女が思い出したように首を傾げた。

「先ほどのお話なのですが。噂話をしているご婦人方を見ていて、何か嫌な感じがしたのですけど……理由がわからなくて」

アニアは何かを思い出そうとしているように見えた。

「まあ、悪口を言っていたのだから嫌な感じだろうが」

「……言葉の内容などではないんです。何か不快な印象があって」

引っかかっているけれど思い出せない、というようにアニアは首を振る。

……嫌なこと。何かを思い出すようなこと。

ふと、リザは問いかけてみたい衝動に駆られた。

想像力たくましい彼女の頭の中に今のこの王宮はどう映《うつ》っているのか。過去の王宮に近いものをあれほど細やかに描き出す彼女なら、今の情勢をどう捉《とら》えるのか。

だが、こちらが彼女の頭の中に興味を持っているなどと言えば、焦って本来の言葉を出せなくなるかもしれない。

リザは頷くと、穏やかに微笑みかけた。

「急がなくてもいい。思い出したらこっそり教えてくれればいい」

「わかりました。でもきっとつまらないことですよ？」

「構わない。我らは友なのだろう？　友とはどんな些細《ささい》なことでも話すものだ」

そう告げると、アニアは頬を染めて瞳を大きく見開いた。

「友なんてわたしなどがおこがましいです……」

「そうか？　私がそう決めたのだから、断ることは認めないぞ」

こんなに面白い人間が我が国にいたとは思わなかった。本の頁《ページ》をめくるようにもっともっと知りたいと思うような人間は今まで周りにいなかった。

彼女は書物一冊どころではない価値がある得がたい人間だ。王女の友人という肩書きなどで彼女を守れるのならば安いものだ。

狼狽《うろた》えるアニアを見ながら、リザはすっかり満足していた。

2

アニアの王宮仕《づか》え二日目は早朝から始まった。

意気揚々と部屋を出ると、まだひんやりした朝の空気を感じながら書庫を目指して歩き出した。

こんな時間から働いているのは警護の者か、厨《くりや》担当の者くらいだろう。もちろん女官や侍女も主人の起床の時間までには自分たちの身支度《みじたく》を終えていなくてはならないのでのんびり朝寝坊ができるわけではない。

廊下には人気《ひとけ》はなく、自分の足音だけが大理石の床に響くのが面白《おもしろ》い。時々くるくるとターンしながら歩いてみる。

……本当に王宮で働けるなんて。夢みたい。

お仕えする方が書庫に住んでいると聞いて最初は戸惑《とまど》ったけれど、会ってみればリザは愛らしくて聡明な理想の姫君だった。どんな風に表現すれば彼女の魅力を描けるのかと、あれこれ想像してしまった。

リザの今日の予定は午前中ダンスの練習。午後からも細々した用件が入っていて、抜け出すことは難しいという。

なので、当面読む分の書物を書庫から持ち出して来て欲しいと頼まれたのだ。

リザがやっと自分の部屋に戻ってきてくれたと、女官たちは感涙にむせんでいたし、これから身だしなみを整えなくてはと張り切っていた。

おかげで新入りだから厳《きび》しい目で見られることも覚悟していたけれど、すんなりと歓迎されたので助かった。

とにかく早く仕事を覚えて、お役に立てるように頑張らないと。

そう決意しながらアニアが回廊を抜けて書庫に向かって歩いていると、向こうから背の高い男が早足で歩いてくるのに気づいた。どうやら剣の鍛錬《たんれん》でもしていたのか上着なしの軽装で剣を手にしている。

……王太子殿下？

おそらく向こうもこちらに気づいているだろうから逃げ出すわけにもいかず、アニアは廊下の端《はし》に慎《つつ》ましく下がって一礼した。

そのまま通過して欲しいと願っていたのに、相手は目の前でぴたりと足を止めた。

え？　何？

また怖い目で睨《にら》まれたらどうしよう。せめてティムがいてくれれば心強いのに。

アニアが身構えていると、思ったよりも柔《やわ》らかな言葉がかけられた。

「顔を上げよ。……昨日はよくやってくれた。エリザベトから経緯《けいい》は聞いている」

「もったいないお言葉でございます。王太子殿下」

「あー……それで、すまぬが、一つ頼みがある」

頼み？　驚いて顔をあげると、リシャールは気まずそうに口元を手で覆《おお》っている。

「……わたしにできることでしたら、何なりと」

リシャールは自分が来た方向を指し示した。

「この先を真《ま》っ直《す》ぐ行くと、中庭に出る。バルトがいるから、伝言を伝えて助けてやってくれ。頼んだぞ」

「……かしこまりました」

何のことかわからなかったが、助けるという言葉に何か含みを感じて、アニアは言われた方向に歩き出した。

近づくにつれて複数の女性の声が聞こえてきた。

見るとティムが数人の若い女性に囲まれている。けれど、楽しげな雰囲気《ふんいき》ではなく一方的に詰め寄られているようだった。

王太子殿下に取りなして欲しい、とかそういう言葉が聞こえてきた。

……あー。なるほどね。助けるってそういうこと？

アニアは理解して、背筋を伸ばした。大きく息を吸い込んではっきりと聞こえるように声をかけた。

「バルト卿《きょう》。侍従長《じじゅうちょう》様が火急《かきゅう》の用件があるとのことです。すぐにおこしいただけますか」

ティムがこちらを見て明らかに安心した様子で微笑《ほほえ》んだ。

「……そういうことですので、失礼します」

そう言って女性たちを振り切ってアニアの方に駆けてきた。

廊下の角を曲がったところで、誰も追いかけてきていないことを確かめてからティムは大きく息を吐き出した。

「いやー。助かったよ、アニア」

「殿下に頼まれたのよ。っていうか、あのご婦人方は殿下がお目当てなのね。ティムが囮《おとり》になっていたの？」

ティムはアニアから事情を聞いて、穏やかな表情で首を横に振る。

「囮というほどじゃないよ。これも護衛の仕事みたいなものさ。舞踏会が近いだろう？　だからダンスのお相手に口添えしてほしいって、ひっきりなしにご婦人方がおしかけてきてるんだよね。ああいうのを殿下が御《おん》自らお相手なさったら後々揉《も》めるからね。さすがにこんな早朝から剣の稽古《けいこ》にまで押しかけてくるとは思わなかった。……それじゃ、殿下にお会いしたんだね？　こんどはちゃんとお話しできた？」

「……え？　伝言頼まれただけで、たいした話はしてないんだけど」

ティムの問いの意味がわからなかった。ちゃんとした話？

昨日の初対面の時に比べれば、威圧的《いあつてき》ではなかったけれど。

「そうなんだ……」

「でも、昨日ほど恐ろしい感じはしなかったわ」

リザを書庫から連れ出したことで少しは認めてくれたということだろうか。

ティムはそれを聞いて微笑《ほほえ》んだ。

「そう、そうなんだよ。本当は気さくで優しい方なんだよ」

「……ティムにはそうかもしれないけれど、わたしにはわからないわ」

アニアがそう答えると、ティムは頭を抱《かか》えた。

「あー……そうだよね。だけど、殿下は普段あまり女性とはお話しすることがないから……。

それにさっきみたいなことは珍しくなくてね……」

「それもそうね。うかつに親しみを見せたら誤解されそうだわ。そもそも独身でいらっしゃるから周りの女性たちが期待するんじゃないかしら。自分にも機会があるって」

リシャール王太子は今年二十四歳だ。まだ妃《きさき》を迎えていないのはかなり遅い方だろう。

ティムは困ったような顔をするだけだった。

「色々事情があってね。一応婚約者候補はいらっしゃるんだけど、お相手はまだ十歳だから。

エマヌエル殿下の妹君なんだよ。アルディリアには他に独身の女性王族がいないから強引に押し込んできたんだ」

「十歳……？　それはずいぶんと幼くていらっしゃるのね」

……確かに強引だし、婚礼までにはまだ時間がかかるだろう。

つまりエリザベトはエマヌエル王子に嫁《とつ》ぎ、リシャールにはいずれ王子の妹に当たる姫が嫁いでくることになっているのか。

「……まあ、これはあまり言いたくないけど先ほどのご婦人方のように、そんなお相手ではご不満もあるでしょうから私が……って感じで次々に迫《せま》ってくるんだよねえ。けど、一人を相手にすれば我も我もって来るのはわかりきってるから、殿下も関わりたがらないんだよ」

「モテる殿方も大変ね……」

もしかして、あの冷淡に思える態度は、アニアのことをあの女性たちと同じではないかと値踏みしていたのだろうか。

もしそうなら、あまりうかつに近づかないほうがいいのかもしれないと、アニアは思った。

ティムに事情を説明しながら歩いているうちに書庫の前にさしかかったので、アニアは預かった鍵《かぎ》で入ろうとした。

「王女殿下に頼まれたのってどのくらいの量？」

「……ええと……十二冊くらい？」

アニアが書き付けを見せると、ティムが苦笑した。

「手伝うよ。それはさすがに一人じゃ運ぶの無理だよ」

「あら、わたしけっこう力持ちよ？」

「それは知ってるけど、僕にも少しは手伝わせて」

ティムは淡青色の瞳を向けてきてから、アニアのために扉を開けてくれた。

重い扉の向こうには天井《てんじょう》までびっしりとはめ込まれた書架《しょか》が並んでいた。明かり取りの窓はあるけれど、薄暗くて古い革《かわ》の匂《にお》いがした。

アニアが知っているのは祖父の書架だけなので、規模の大きさに驚いた。

「すごいわ。さすがに壮観ね」

「ここは代々の王族が蒐集《しゅうしゅう》した本が集まっているんだよ。中には建国当時のものまであるから」

「お祖父様の書斎と同じ匂いだわ……」

「ああ、よく一緒に忍び込んだよね？」

ティムの実家、バルト子爵家の所領が近いこともあって、幼い頃はよく一緒に遊んでいた。実の兄よりも親しくしていた。両親に禁じられるまでは。

ふとそのことを思い出して、少し気持ちが沈《しず》んだ。

「そうね。あそこは楽しかったわ。希少な本が読み放題だったんですもの」

アニアの祖父は本好きだったらしいが、父は逆に学問が嫌いで祖父の書斎を開かずの間にしてしまっていた。そこはアニアにとっては格好の遊び場だった。

だからリザの気持ちはわかるけれど、さすがに住みたいというほどではない。

でも、あんな品のない悪口を言う輩《やから》がいるのなら、書庫に籠《こ》もりたくもなるかもしれない。

リザはアニアとは立場が違う。アニアにはわからないことがきっと沢山ある。だから、彼女のためにできることを尽くそう。まずは頼まれた本を見つけるところからだ。

「……ええと、『薬草大全』と……」

アニアはリザの書きつけを見ながら、書庫から本を抜き出した。

確かに一冊の装丁が豪華なせいか、重量がかなりある。

三冊ほど見つけてきたところで、ふとティムが戸惑った顔でこちらを見ているのに気づいた。

「……どうかしたの？」

「アニアはこの書庫に入ったことないんだよね？」

「ええ。昨日は採寸とかでバタバタしていたから……」

「なんでそんなにあっさり見つけられるんだい？　僕も今まで王太子殿下に頼まれて本を探しに来たことがあるけど、何がどこにあるのかなんて見当もつかないよ。丸一日かかったこともあるよ」

そう言われてみれば、確かに。けれど、どういうわけかどの書架に何があるかわかってしまった。理由を聞かれても困る。

アニアはふと思い当たった。

「……本の整理の仕方がお祖父《じい》様の書斎と似ているせいじゃないかしら？　だからなんとなくこの辺、って気がするの。『古代ラウルス史』は……ほら、ここにあるでしょ？」

アニアは古い革表紙の本を引っ張り出した。

「君の直感は相変わらずすごいなあ……」

「失礼ね。直感だけで生きてるわけじゃないわよ」

「そうかなあ。……八割くらいは直感で生きてるみたいだけど」

どういう意味なの。アニアがむくれて口を引き結ぶと、ティムはぷっと吹き出した。

「ごめんごめん。……でもね。アニア。くれぐれもエリザベト殿下の身辺に気を配ってほしい。このたびの縁談を快《こころよ》く思っていない者も多いから、君の直感に期待してる」

「……そういうのは直感でどうにかなるものなの？」

今まで王宮の中のことをあれこれ妄想《もうそう》していたから、相手を貶《おとし》めるためにわざと悪い噂《うわさ》を立てるとか、陰湿に嫌味を言う者の存在だって想像していたけれど。

あんな風に天気の話でもするかのように楽しげに悪意を振りまいている人々を実際に見たら、胸の奥がざらざらするような不快感がこみ上げてきた。

これは物語の中の話ではないのだと。一つ間違えば目の前の誰かが傷ついたり苦しんだりするのだと気付いてしまった。

ティムはさりげなくアニアの手から本を受け取る。

「どうにかならなかったときのために、僕たちがいるんだよ。だから、アニアは自分の感覚を信じて殿下をお守りしてほしい。どんな些細《ささい》なことでもいいから、気になったことがあれば教えて欲しいな」

探し出した本を二人で手分けして抱えてリザの部屋に戻る間、アニアは昨夜から気になっていたことをふと思い出した。

些細なこと。本当に些細なことだけれど、何が気になっていたのかやっとわかった。

「……ねえ、ティム。王宮のご婦人方の間で紫色の宝石が流行《はや》っているのかしら？」

「……紫？」

「昨夜見かけたご婦人方がそろって紫色の石の首飾りをしていたのを見て……何故《なぜ》かすごく嫌だと思ったの。わたし、決して紫色が嫌いなわけじゃないのだけれど……」

昨日、声高にエマヌエル王子のことを噂していた集団を見て、引っかかっていた。

ドレスの色と必ずしも合っていないのに、なぜか同じ色の石をあしらった宝飾品を全員が身につけていた。

王宮を出入りする貴婦人たちは目立とうと我先に新しいドレスや宝石で身を飾るものだ。だったら、他人と被《かぶ》ることを嫌うものではないのだろうか。

それを見た瞬間に、不快感が強くなった。

ティムは瞳を眇《すが》めて考え込む仕草をした。そんな風に真剣になると人を寄せ付けない雰囲気になる。

「それは王女殿下とはあまり交流のない方々だよね？」

ぼかした表現だが、言いたいことはわかったのでアニアは頷いた。

「わかった。調べてみるよ。でも、それはあまりあちこちで話さないほうがいいね」

「大丈夫よ。わたしまだそんなに話し相手いないし」

「……え？　まさかいじめられてるの？　誰に？」

ティムが今度は戸惑った様子で問いかけてくる。アニアは思わず吹き出した。

「違うわ。だってわたし、まだ入って二日目の新参者よ？　そんなすぐに誰かと仲良くなんてなれないでしょ？　大げさなんだから」

そう言うと、ティムは胸元を押さえてほっとしたという顔を見せた。

「だって、心配だったんだよ。君を推薦《すいせん》した責任もあるし。それに、年の近い友人がいないって点では君も王女殿下と似ているんだよね……。まあ殿下の場合人を寄せつけたがらないからね……」

ティムは小さく笑みを浮かべる。

「だから、アニア。君は殿下の側《そば》にいて差し上げてほしいな」

たしかにリザは書庫に籠もりっきりだったり、何もないときにもずっと書物を読んでいたりと、人との会話のきっかけを自分から閉ざしているようにも見える。

昨夜リザはアニアのことを友だと言ってくれた。たとえ戯《たわむ》れでも、アニアには嬉しかった。自分が彼女のためにできることがあるのなら、なんでもして差し上げたいって思うくらいに。

「……わたしでいいのかしら？」

「むしろアニアくらいの女の子がちょうどいいんじゃないかな。今までも貴族のご令嬢たちと引き合わせたんだけど、殿下の生活態度に向こうがどん引きしてしまってね」

「それはわたしが規格外ってことが言いたいのかしら」

アニアが不満を表明すると、ティムはとぼけた様子で首を傾《かし》げる。

「おやおや？　自分が普通のご令嬢だと思ってたの？」

「……普通じゃない自覚はあるけど、ティムに言われたら余計に腹が立つのよ」

アニアがそう言うと、ティムは堪《こら》えきれない様子で笑い出した。

リザの私室に通じる控《ひか》えの間に頼まれていた本を置くと、ティムはそのまま立ち去った。ご婦人の部屋を訪ねる時間ではないし、そろそろ王太子殿下のところに戻らなくてはならないと。

忙しいのに付き合わせてしまって申し訳ない気持ちになった。きっと彼は自分がアニアを推薦した責任も感じているのかもしれない。

……早くティムに心配かけないようにならなきゃ。

まずは王宮の中のことに慣れないと。時間を見つけて王宮内を探索《たんさく》してみよう。

小説の参考になりそうなかっこいい貴公子も見つけたいし。せっかくの機会なんだからやれることは全部やってしまおう。

そう決意していると、隣の部屋に通じるドアが開いてひょっこりとリザが顔を覗かせた。どうやら寝起きらしく、寝間着のままだった。

「殿下。おはようございます」

積み上げた本の山を見て金褐色《きんかっしょく》の瞳を輝かせる。

「……もう持ってきてくれたのか。早いな」

アニアはリザの起床までに本を届けようと思っていたので、間に合ってほっとした。

朝好きなものが届けられたら気分が上がるのではないかと考えたのだ。

「そうだ。アニアも一緒にダンスを練習しないか？」

これから朝食と着替えの後はダンスの稽古だ。あまり好きではないのがありありとわかる顔で、リザは誘ってきた。

「……わたしもですか？」

アニアも嗜《たしな》みとして一応は一通り習っているが得意とは言えない。小柄《こがら》なせいもあって、ほとんどの男性と背丈《せたけ》が釣り合わないという問題もある。

相手だって踊りにくいだろうし、強引な相手だとぐるんぐるん振り回される気分になるので、できれば踊りたくない。

「舞踏会にはそなたも出るのだから、当然そうした機会もあるだろう。バルトには誘われていないのか？　さっきも来ていただろう。声が聞こえた」

リザは不思議そうに問いかけてきた。

「そんな仲ではありませんわ。それに、彼は幼なじみでわたしに何度も足を踏まれてますから、身の危険を感じて余計に誘わないと思います」

ティムは幼い頃からアニアの味方をしてくれる優しい兄のような存在だ。放蕩者《ほうとうもの》の実の兄と取り替えて欲しいと何度神に祈ったことか。

「そうなのか。だが、一人で練習すると私ばかり注意されるのでな。一緒に叱《しか》られぬか？」

……よほどお嫌いでいらっしゃるのね。

ただ、あくまでリザの稽古なのだから、アニアがいたところで注意されることは変わらない気がする。

それでリザの気が済むなら、とアニアは頷いた。

「……かしこまりました」

なによりも、この王女のことをもっと知りたいと思った。

「では、リザ様。まずは御髪《おぐし》を整えてお支度をしなくては」

アニアがそう言うと、リザはそれが一番面倒くさいんだ、と言わんばかりに溜め息をついた。

「まったくもう、どうして女の身支度というのはあんなに時間がかかるのだ。髪に化粧にコルセットにドレスの着付け。考えた奴《ヤツ》を片っ端からとっ捕まえてやりたくなるぞ」

アニアは心の中で大きく頷いた。たしかにその通りだ。

自分のような田舎《いなか》貴族とちがって、王女ともなれば毎日人前に出るためにきちんと着飾らなくてはならない。窮屈《きゅうくつ》な生活だと思う。

もしかしたら、書庫に籠もっていたのは読書のためだけではなく、そうした生活を嫌ってのことだったのかもしれない。

そんなことを思いながらも、とりあえず侍女を呼ぶことにした。


リザの今日のドレスは淡い緑色のシンプルなものだった。それでも胸元の当て布には金糸で細やかな刺繍《ししゅう》が施《ほどこ》され、幾重《いくえ》にも寄せられた薄い生地が柔らかな曲線を描いて可愛《かわい》らしい印象を与える。細身のリザにはよく似合う。結い上げた金髪に純白のレースのボンネットとラペット。化粧は薄めだがそれがかえって若々しさを強調している。

完璧《かんぺき》だわ。アニアは思わず頭の中でその美しさを褒《ほ》め称《たた》える美辞麗句《びじれいく》を並べ立てていた。

侍女たちが下がると、リザはやっと終わったのかと安堵《あんど》するように大きく溜め息をついた。

きっと頭の中で、これだけの時間があれば本が何冊読めたのか計算しているに違いない、とアニアは想像した。

女官長の案内で向かった部屋では、凛《りん》とした印象の貴婦人が待ち構えていた。年格好はアニアの両親くらいだろうか。

豊かな黒髪と水色の瞳。すらりとした長身といい、彫りが深くいくらか厳《いか》めしい印象の顔立ちといい、典型的なガルデーニャ人の風貌《ふうぼう》だ。

「母上」

嬉しそうに駆け寄ったリザに、その貴婦人はふわりと表情を和《なご》ませた。

「リザ。久しぶりにあなたがダンスのお稽古をすると聞いて、お顔を見たいと無理を言ってしまいました」

……この方がマリー・テレーズ王妃。

アニアは控えめに距離を置いて一礼した。

「ああ、あなたがアナスタジアね。噂通り可愛らしい方だこと」

「……ありがとうございます」

……噂って何？　誰が何の噂をこの方のお耳に入れたのだろう。聞くのが怖い。

アニアはにこやかに応じながらも内心冷や汗ものだった。

そこへ近づいてくる足音と騒がしい気配。そのまま勢いよく扉が開く。

「エリザベトが来ているのだろう。ではまず私が会うべきではないか」

「父上、声が大きいです」

「我が子に会いに来て何が悪い」

……誰？　我が子？　まさか。

部屋に足を踏み入れてきた一行を見ると、王妃がにっこりと笑って扇子《せんす》を口元で開く。

「おやおや、先触れもなしとは品のない殿方たちですこと」

「……マリー……そなたも来ておったのか」

一瞬戸惑った顔をしてそう呟いた男性は、緩《ゆる》やかな巻き毛の金髪で、彫像のように整った顔立ちをしていた。歳格好は三十代後半くらいに見えるけれど、本当はもっと上のはずだ。

明るい金褐色の瞳といい、リザと面差《おもざ》しがそっくりだ。アニアはこの人物が何者なのか察してそっと目立たないように下がった。

「お久しぶりです。国王陛下」

「……そ、そうだな。息災《そくさい》であったか」

王妃の有無《うむ》を言わせない笑顔に、国王ユベール二世は怯《ひる》んだ様子になった。

お久しぶり……って、そういう意味だよね。怖い怖い。

アニアは言外に含みがありすぎるやりとりに背筋が寒くなった。

国王には王妃の他に寵姫《ちょうき》がいて、その他愛人多数、というのは割と広く知られている。そのような王の態度と、エディットの取り巻きたちの言動からしても、王妃をないがしろにしているという印象がある。

明らかに空気が張り詰めているところへ、一緒に来ていたリシャール王太子が話に加わってきた。

「母上。お騒がせして申し訳ありません。うっかり父上にエリザベトのことを話してしまいました」

息子の言葉に、王妃はぴしりと扇子を畳《たた》むと強い口調で告げる。

「リシャール殿下。人の上に立つものがうっかりではいけません。人のお手本になるように心がけなくては。うっかりと愛人に妻の悪口を話したりすると、後に妻の耳に入って大事になることもありますからね」

うわー。めっちゃ直球で皮肉がきた。アニアはどういう顔をしていればいいのか困惑した。

それを聞いた国王がそわそわと目をそらす。おそらく前例があったり、今も後ろめたいこと山盛りだったりするのだろうとアニアは想像した。

……けれど、このままでいいのだろうか。ダンスの稽古どころではなくなってしまった。

アニアはそっとリザに小声で問いかけた。

「……これではお稽古になりませんね」

「私は別に構わんし、この方が見ていて面白《おもしろ》かろう?」

苦手なダンスの稽古時間が減って、リザはむしろ楽しそうだ。それに、リシャールの後ろで控えているティムもさほど深刻そうな顔をしていない。

……おそらくこの家族はこれが日常なんだわ。

落ち着かない様子の国王は、気を取り直して今度はリザの方に歩み寄ってきた。

「おお、エリザベト。相変わらず可愛らしいな」

「……父上も相変わらずご息災そうで安心いたしました」

「ダンスの稽古をするのなら、私が相手になるぞ。……おや？」

両手を拡《ひろ》げて踊る真似をしていた国王の目がアニアに向けられた。

「父上。クシー伯爵令嬢、アナスタジアです。私の新しい友人です」

「クシー伯爵。懐かしい名前だな」

リザの言葉に国王は大きく頷くと、アニアの手をとって間近に顔をのぞき込んできた。いきなりの近距離に怯んでいたアニアに弾《はじ》けるような若々しい笑みを浮かべる。

「おお。エドゥアールの孫か。奴にそっくりだな。息子は全く似ていなかったが、そなたはひと目でわかるぞ」

目を輝かせて握《にぎ》ったアニアの手を楽しげに上下に振り回す。

似ている、と言われても。アニアは困惑するしかない。

アニアの祖父エドゥアールは生前王宮仕えをしていたらしい。父はことあるごとに優秀だった祖父と比べられてしまうのを嫌っていて、祖父の書斎を開かずの間にしてしまうほどだった。

だから、肖像画の一枚も残されていない。アニアは祖父の顔も知らなかった。

「あいにく祖父はわたしが生まれる前に亡くなりましたので……」

「そうだったな。あれこれと口うるさい男だったぞ。だが、奴の言うことは何一つ間違いはなかったのだ。その顔をもう一度見られるとはな……」

ユベール二世は懐《なつ》かしむように目を細めていた。

「そうかそうか。良ければ邪魔の入らないところで、ゆっくりとエドゥアールのことを話したいのだが……」

ちらりと背後の王妃に目を向ける。アニアは握られたままの手を見てふと気づいた。

……ええと、もしかして別の意味で興味を持たれているとか……？　いやいやいや、そんなことありえない。第一、王妃様の目の前だし。

というか、王妃様が見ていても平気とか？　せめてそろそろ冗談だと言ってくださらないだろうか。

「父上。お戯れはほどほどになさってください。もう戻られませんと会議が始められませんので」

不意に頭上から無愛想な声が降ってきた。リシャールが冷ややかな目でこちらを見おろしてくる。

怒っていらっしゃる？　もしかして、国王陛下がわたしにお声をかけたせいで、お仕事が止まっているとか思っていらっしゃるんだろうか……。

ティムが言うほど、リシャールが気さくな人だとはアニアにはまだ思えなかった。

「ほんの少し立ち寄るだけということで、皆に待ってもらっているのです。これ以上は」

「……わかったわかった。では、アナスタジア嬢。またの機会に」

そう言って手の甲にキスをするとやっと離してくれた。

男性陣が慌ただしく退場すると、リザが苦笑いを浮かべていた。

「やれやれ。父上は相変わらずのようですね」

「そうですね。むしろ女性を口説《くど》かずに私のところに入り浸《びた》っていらしたら、どこかお加減が悪いのかと心配してしまいますから、あのくらいでいいのです」

王妃はそう言って余裕の笑みを浮かべる。

強い人だ。

アニアはリザと王妃が笑顔で語らっているのを見ながらそう思った。

王妃は元ガルデーニャ王女。ガルデーニャは外洋貿易でのし上がってきた新興国だったから、嫁いできた当時は風当たりが強かったらしい。

政略結婚というのはそんなものだとアニアも聞き知っている。

リザの嫁ぎ先はずっと険悪な関係だったアルディリアだ。相手先の警戒心を煽《あお》らないために、随員《ずいいん》は最低限の人数しか連れて行けない。

……あちらにお味方はいらっしゃるだろうか。

リザの婚約者が彼女を大事にしてくれるかどうか、考えると不安になる。今まで敵国だった国の王女だ。

きっと自分などが考えるより遙《はる》かにしっかりと彼女の方がその覚悟をしているはずだ。

自分の心配など何の役にも立たないだろう。

アニアが黙っているのを見て、リザは国王の勢いに気圧《けお》されたのかと思ったらしい。

「アニア。今のはあまり気にすることはないぞ。父上は若い娘と見たらとりあえず口説いてみるのが、挨拶《あいさつ》代わりのようなお方だからな。定例行事だと思って適当に受け流すといい」

そんな身も蓋《ふた》もないことを言う。アニアは何とか笑みを返した。

「いえ、お声を賜《たまわ》りましただけで光栄に存じます」

挨拶……挨拶なの。

本気で口説いてはいないことはわかっていた。何しろ王妃の目の前なのだから。それでも、挨拶だとか言われるとあまりにも軽すぎないだろうか。

「アニアは欲がないな。普通の娘だったら、父上の目に留まるだけで舞い上がるのに」

リザはそう言って口元に笑みを浮かべる。

「そんな。わたしは端っこから華《はな》やかな方々を眺《なが》めているだけで満足ですから」

両親が聞いたら怒るかもしれないけれど、自分が国王に求められるなんてありえないとアニアは思っている。そこまで魅力があるとはうぬぼれていない。

小説の題材にしてきた華やかできらびやかな王宮の人間模様は、傍《はた》で見ているからこそ妄想《もうそう》もできて楽しめるのであって、当事者になるなんて考えたことはなかった。

それを見ていた王妃が意味ありげに微笑んでいた。

「あらあら。ずいぶんとしっかりした方ですこと。エドゥアール殿によく似て」

アニアは困惑してしまった。そんなに似ているのだろうか？　実家では祖父の名前を口にするだけで両親が不機嫌になるので、誰もそんなことを言ってくれなかった。

けれど、国王も王妃もそろってそう言うのなら、自分はかなり似ているらしい。

……でも、祖父は王宮を追われたと聞いているのに、何故かとても好意的なのがアニアには不思議に思えた。

別人だと割り切ってくださっているだけだろうか。それとも自分の知らない事情があるのだろうか。


舞踏会が近づくにつれて、アニアの仕事も増えていった。

まず王宮に出入りしている人の顔を覚えるのが大変で、その地位や役職や、果ては繋《つな》がりまで覚え込むように言われて困っていたら、リザがさらりと一覧表を作ってくれた。

「とりあえず主要な者を押さえて、それから繋がりを覚えていくといい。ただ、婚姻《こんいん》などで繋がっている者もいるので、これだけでは完全とは言えないが。普段話をするくらいならこの程度で大丈夫だ」

「なるほど……。これなら覚えられそうです」

アニアは名前をたどっていて、ふと目が留まった。

寵姫エディットのすぐ隣にランド伯爵の名前があった。

あー……見たくない名前だわ。

リザには言わなかったが、このランド伯爵はアニアの父の賭博《とばく》仲間だ。

父が賭博にはまったきっかけも伯爵が賭場に連れ回したせいらしい、と使用人たちから聞いていた。その上、あちこちの夜会に誘い出してくれるので、ドレスを新調しなくてはと母が浪費するきっかけにもなっている。

アニアの父は伯爵をすっかり頼りにしていて多額の借金までしているらしい。

自慢話が八割お金の話が二割という人柄もだが、アニアを見る目がどことなくあざ笑っているかのように感じられて、どうもすんなりと好感を抱《いだ》けなかった。

先の戦争の時もいち早くユベール二世を支持したことから王宮でも重用されているというのが自慢で、アニアでさえ百回くらいはそれを聞かされたような気がする。

二言目には自分は将来要職について権力を握るだのと言っていた。アニアの祖父と同い年だというのにまだ権勢欲はとどまるところを知らないらしい。

そういえば、最近アニアの家に押しかけてきたとき、あの人も紫の宝石を身につけていた。大ぶりな紫水晶を三つもあしらった指輪を見せびらかしてきたのを、ゴテゴテしていて品がないと思ったものだ。

これは三つ首の番犬をあしらっているのだ、と笑っていた。

……三つの首の番犬。それって地獄《じごく》の番犬じゃない？　なんて悪趣味な。

それでアニアはどん引きしたことを思い出した。

「どうかしたのか？」

リザが不思議そうに問いかけてきた。

アニアは慌てて首を横に振った。いけない。ぼんやりしていた。

「あ。いえ……これだけの人の名前をよく覚えられますね……」

「覚えるだけなら得意だからな。で？　それは？」

リザはそう言って、アニアが手にしていた書類を指さす。

「……舞踏会の招待客名簿だそうです。当日までに頭に入れるように女官長から言われました」

これを当日までに全部覚えるのとか……無理だ。

女官長からはアニアの役目はリザに付き添って、招待客に会う時に返答に困らないように補佐することだと言われていた。

「ふうん……」

リザの方はパラパラとめくってからすぐに興味を失った様子で、すでに他の本を膝に載せている。

「こんなの別に覚える必要はない。どうせ挨拶に向こうから来るし、名乗ってくるのだから大丈夫だ。覚えておかねばならないのは、こちらだ。アルディリア側の名簿。エマヌエル王子以外の随員《ずいいん》だ。特にこの男」

リザの白い指が伸びてきてなぞった名前に、アニアは目を留めた。

「……マルティン？」

「マルティン・バルガス卿。名前が気になったので調べたら、アルディリアの宰相《さいしょう》バルガスの息子だそうだ。表立った功績はないが、父親の密使のような仕事をしているらしい。たかだか王子の物見遊山《ゆさん》にしてはずいぶん面白い男を連れてきたものだ」

どうやらリザの興味を引いたのは婚約者本人ではなく、彼の随員だったらしい。

「バルガス宰相……」

「宰相はかなりの切れ者と聞く。わざわざバカ王子に付けてくるならバカ息子ではないだろう」

「バカって言っちゃっていいんですか？」

リザの言葉にアニアはあわてて周囲を見回した。ちょうど侍女はお茶を淹《い》れに出たところなので部屋には誰もいなかった。

「今まであの男を賢いと思える根拠《こんきょ》が何か一つでもあったか？　婚約者の顔を見たいからとわ

ざわざ押しかけてきただけでも迷惑だ。どれだけの人間が振り回されたと思っている。それだけでもバカと呼ぶに値《あたい》する」

リザは何をいまさら、という呆《あき》れまじりの顔でアニアに問い返してきた。

「確かに……」

そうまで言われてしまっては、アニアにも王子を庇《かば》う義理はなかったので頷くしかない。

そもそも現アルディリア国王の唯一の王子でありながら王太子になっていないあたり、何か問題があるのではないか、という噂も耳にした。どうも、王子にはできのいい姉がいて、そのせいで見劣《みおと》りするのが原因らしい、とも。

婚約者の顔を見たいという件にしても女性を外見でしか見ていないような印象を受けてしまう。

リザがそんな男に嫁がされるというのは正直納得がいかない。会ってみれば違う一面もあるかもしれないけれど、現時点で褒められる点が見当たらない。

「その方は王子殿下が羽目を外さないためのお目付役などではないでしょうか」

もし王子が何かと問題のある人物なら、言いなりになる臣下《しんか》ばかりでは何をやらかすかわからないので、宰相の息子をつけてきたのではないだろうか。

というか、そんな問題のある人を国外に出すのもどうなんだろう。外交的にかなりダメな気がする。

「いや。もしかしたら何か企《たくら》んでいるかもしれぬだろう」

金褐色の瞳をアニアに向けて、リザはにんまりと笑う。彼女にとっては好奇心を満足させてくれる相手にしか興味はないのだろう。

だからと言って、自分の婚約者との顔合わせで何か起きるのを期待されても……。

「けれど、ご婚約はあちらからの申し出だったのでしょう？　何かあったら困るのはあちらではないですか？」

「だからといって何もないとは限らないぞ」

そんな何かが起きたら楽しいだろうと期待した顔でこちらを見つめられても困る。

自分はあれこれ妄想するのは好きだけれど、本当に大事件が起きるのは望んでいない。事件は物語の中だから楽しめるのだ。

「何事もないことが一番ではないかと思いますわ。ましてリザ様にとっては初めてお相手の方にお会いするのですから」

無事に舞踏会が終わることが一番いいはずなのだ。そう思って答えると、リザはアニアに何か頓狂《とんきょう》な回答を期待していたのかちょっと不満げな顔をした。

「……まあ、確かにその通りだな。だが、面白いことの一つも起きないのはつまらないだろう？　そうだ、アニアよ、いつか今回の舞踏会を題材に何か書いてくれぬか？　できれば喜劇的な話がいい。そのくらいの楽しみがなければな」

「……喜劇にしてしまってよろしいのですか？」

結婚相手と顔合わせをする大事な舞踏会を笑いごとにしていいんだろうか。

アニアの問いにリザは不敵に微笑んだ。

「物語の中くらい、笑えるほうがいいではないか。どうせ何事も意のままにはならぬのだから」

何事も意のままにならない。そう言われると胸が痛む。

けれど、自分の文章で少しでもこの方の気が晴れるのなら……。

「わかりました。わたしでよろしければ、全力で書かせていただきます」

「楽しみにしている。忘れてはならぬぞ」

リザはそう念押ししてきた。それから不意に声を落としてアニアに歩み寄った。

「ところでな。アニア。午後から城内を散策せぬか？」

「……たしか王妃様のサロンにお招きを受けていらしたのではありませんか？」

「あれは夕刻からではないか。それまで時間があるし。そなたも来たばかりだから知らぬ場所も多いだろう。案内がてら連れて回ってやろう」

リザはそう言っていかにも何か企んでいるような笑みを浮かべる。

「わたしのためにお時間を割いてくださるのですか……？」

確かにまだアニアは王宮の中で知らない場所の方が多い。覚えたいと考えていたけれど、王女自ら案内してくれるとは思いもしなかった。

それにリザの表情からして裏がありそうな気がする。自分が断れば一人で散策に出かけてしまうのではないだろうか。それはさすがにまずいだろう。

迷っていると、リザは扇《おうぎ》を開いたり閉じたりしながら楽しげに付け加えてきた。

「堅苦《かたくる》しく考えなくてもいい。それに、私も皆にアニアを紹介したいのだ」

「……皆？」

「意外か？　私はこれでも結構城内に顔がきくのだぞ」

……そりゃまあ、王女殿下ですから、向こうは知っているでしょうけれど。一体誰に紹介してくださるおつもりなのかしら。

リザは暇《ひま》さえあれば本を抱えているので、あまり外に出歩いている印象がなかった。

「それと……このことは他の女官には内緒だ。歩きやすい靴《くつ》を履《は》いてくるのだぞ」

リザはそう言って口元に人差し指を宛《あ》てた。

内緒にしなくてはならないようなことだろうか。不思議に思ったが、その意味がわかったのは午後になってからだった。


木々が複雑な模様を描くように整えられた庭の真ん中には大きな噴水があった。

アニアは広く美しい庭を窓から眺めながら、どれほどの時と手間を経てこの宮殿ができあがったのだろうと想像した。

庭を抱えるように線対称に建てられたこの壮麗な宮殿は、先々代の国王が築いた。

派手好きだった先代国王が更に増築し、華美な内装が付け加えられた。けれど、二十年前、先代が亡くなった後、王位継承をめぐって内乱が起き、この王宮も損害をうけた。

そのため現国王ユベール二世は即位してからまず王宮の修復をする羽目になったのだが、内乱で破壊されたのは王宮だけではなかったので、国庫に配慮《はいりょ》して以前よりずっと質素なものになったという。

だから想像していたようなキラキラした感じじゃなかったんだ……。

それでもアニアからみれば十分に豪華に思えた。


「このあたりはお祖父様の道楽の跡が残っている。派手であろう?」

まずリザが案内してくれたのは回廊に通じる広間だった。謁見《えっけん》の控えの間として使われるという「肖像の間」と呼ばれる部屋。金色と白を基調にしていて室内が明るくきらびやかに見える。

天井《てんじょう》にまで細やかな彫刻があしらわれたまばゆいばかりの調度に、光が乱反射して襲ってくるような気がしてアニアは目がくらみそうになった。

まさしく華やかな王宮という感じだけれど、これは落ち着かない。目に優しくない。きっと元々はこの王宮はどこもかしこもこんな内装だったのだろう。

「たしかに派手……いえ、華やかですね」

「悪趣味だと言っても構わないぞ」

「いえ、そんな滅相《めっそう》もないこと思っても口にはできません」

「それではほとんど口にしておるのと同様ではないか」

リザがくすくすと笑いながら室内をぐるりと見回した。

今この場にはリザとアニアしかいない。

散策、というのが護衛も他の女官も振り切っての強行だとは思わなかった。

「よろしかったのでしょうか、お供《とも》がわたしだけで」

「他の者たちはそれぞれ舞踏会の支度で忙しいからな。手間を取らせてはならんだろう」

リザはさらりとそう答える。

……後でめっちゃ叱られそうだけど、今は考えないようにしよう。

先行きを考えるととても不安だが、それ以上にリザと二人での城内散策という機会に心が弾《はず》んだ。

両側の壁には重厚な額に入った大きな肖像画がいくつも飾られている。

ひときわ大きいのが先代国王ジョルジュ四世の肖像。三十年以上前に描かれたもので、まだ若く壮健《そうけん》な国王はリザと同じ色の金髪に王冠をかぶり、豪奢《ごうしゃ》な衣服に長い毛皮のローブを羽織っている。

「このお祖父様の肖像画が後に騒動の元になった。なぜだかわかるか？」

アニアはその絵を見上げた。別におかしなことはない。堂々と錫杖《しゃくじょう》を手にした姿といい立派な偉丈夫《いじょうぶ》に見える。

「……あ」

国王の首元のクラヴァットに輝くブローチを見て、アニアは思わず声を上げた。

それには大ぶりの紫色の宝石が中央にあしらわれている。

この色、見たことがある。多分リザの悪口を言っていた連中が身につけていたのと同じものだろう。けれど全体的にきらびやかな衣装のせいか、あのときのような不快感はない。

アニアの視線を追って、リザが説明した。

「そうだ。そのブローチだ。この前年、お祖父様はアルディリアのベアトリス王女を二番目の妃に迎えた。この肖像画が描かれる直前にその妃との間に王子が生まれていた。ブローチは妃が贈《おく》ったものだったそうだ。わざわざそれを身につけて肖像に描かせるということは、末っ子の王子に期待しているという王の心情ではないかと、お祖父様の亡き後に声を上げる輩が出たのだ」

ジョルジュ四世の死後、第一王子と第二王子はすでに亡く、先の王妃の子である第三王子ユベールと、アルディリア王女の子である第四王子ルイ・シャルルを推《お》す勢力が王位を争うことになった。

さらに第四王子の母妃の祖国アルディリアが介入《かいにゅう》してきて国内は荒れた。

しかし、アルディリアと手を組んだ第四王子派は結局敗れ、第三王子が即位することになった。それがリザの父ユベール二世だ。

第四王子は処罰《しょばつ》を恐れてアルディリアに亡命したが、その母ベアトリス王太后は王都郊外で隠居生活を送っている。

それが二十年前の王位継承騒動の顚末《てんまつ》だ。


それならば、今の国王にとって紫の宝石はあまりいい印象がないはずだ。

アニアは先日見かけた貴婦人たちを思い出した。

……王宮内でこぞって紫の宝石を身につけるのはどうなのだろう。

なんとなく薄気味悪さを感じて、それでも顔に出すまいとアニアは明るく問いかけた。

「まさかそんな。こじつけですよね？」

「もちろんだ。そこまで期待していたというのなら遺言《ゆいごん》をするだろう。けれど、お祖父様は王位継承者を指名せずに亡くなった。父上はこのことがあったから、生前に肖像画を描かせないとおっしゃっていた。ろくな邪推《じゃすい》をされかねないからと」

なるほど。誤解を生むくらいなら、最初から何も残さないのが得策だろう。

「まあそれで、この絵の後は肖像画がないわけだ」

リザはそう言ってから、ふと顔を上げた。

「誰かこちらに来ているな」

かすかに足音と声高な話し声が近づいてくる。

回廊の向こうから歩いてくる数人の貴婦人たち。その先頭にいる女性は、たっぷりとレースをあしらった華やかなドレスを身につけている。

「エディットか。面倒な」

リザが難しい表情でそう呟いた。

「正直顔を合わせたくはないが……」

アニアはふと肖像画の脇に目がいった。一部色が違う壁がある。

……なんだろう、これ。

「物語とかだったら、こういうところに隠し扉とかあったり……」

「……ありますね」

そう言いながらその壁をずらしながら押すと、小さな音とともにそこが開いた。入り込めそうな隙間がある。向こう側は意外と明るく、二人くらいは余裕で入れそうに見える。

「扉?」

「行っちゃいます?」

リザとアニアは顔を見合わせて、迷わずそこに飛び込んだ。

ホコリの匂いはするが、入ってきた扉を閉ざしても、その部屋にはちゃんと窓があってわずかに光が差し込んできていて真っ暗ではなかった。

「……このようなところに隠し部屋があったとは」

さほど広くはない、椅子と書き物机があるだけの部屋。薄くホコリがつもっていて、長らく使われていないのがわかる。

壁の向こう側では笑い声が近づいてきた。

どうやら廊下との壁はさほど厚くはないらしい。廊下の話し声がはっきり聞こえてくる。もしかしたら、立ち聞きをするための部屋なのかしら。控えの間の近くってことは、ここで誰かが隠れていて悪口言ったりする人を調べていたとか……。

それは小説の題材になりそうだと考えを巡らせていたアニアは、彼らの会話の内容が耳に入ってくると現実に引き戻された。

「……あちらの方の周りは相変わらず地味ですわね。やはりお生まれのせいでしょうか」

「あの方の国は海賊《かいぞく》が王宮にまで出入りしているのでしょう？　なんて野蛮《やばん》な」

「洗練されていなくても仕方ありませんわね。殿下もあのご様子では、嫁いだらご苦労なさるのではないかしら」

「マドレーヌ様のような気品も可愛らしさもある方ならまだしも……」

「いつも分厚い本を抱えているような方ではねえ？　相手の方も運の悪さをお嘆《なげ》きになりますわ」

何なのあの人たち。失礼にもほどがある。

当てこすっているのは王妃とその祖国のことだろう。

ガルデーニャ王国はアルディリアの南にある。海に面した交易が盛《さか》んで豊かな国だ。地味な国では決してない。海賊と呼んでいるのはおそらく海上貿易の商人たちのことだろう。

エディットとその取り巻きたちはそんなことも知らないのだろうか。

そもそもアルディリアは海に接していないから海賊も海軍も存在していない。野蛮も何も、比べられるわけがない。

楽しげな話し声が遠ざかっていくのを確かめてから、アニアはリザに振り返った。

「行ってしまったようですわ。……リザ様？」

リザの方は机の引き出しを開け閉めしていた。こちらに背を向けているがどこか苛立《いらだ》っているように見えた。

「相変わらずつまらん当てこすりが好きな連中だ。あやつらには政略結婚の意味など理解できぬのだろうな」

スカートに隠すように押しつけた拳《こぶし》が震えている。アニアはそれで気づいてしまった。

祖国のためにただ一人異国に嫁ぐことの意味をリザは理解している。彼女の母も政略結婚で嫁いできたのだから。

嫁ぎ先で敵視されることも、疎《うと》まれることも覚悟しなくてはならない。それはどれほど恐ろしいことだろう。まして、リザはアルディリアの敵国ガルデーニャ王家の血を引いているのだから。

王家の女性たちは最初から強いのではなくて、強くあらねばならなかったのだ。察することはできても、アニアには実感できない世界だ。

リザのために自分にできることはあるだろうか。

もうじき隣国に嫁いでしまうとしても、それまでに年相応の楽しいことを経験していただくことはできる。きっとそのために自分はここに呼ばれたはずだ。

アニアは改めて決意する。

「リザ様……」

「気にするな。ただの戯《ざ》れ言《ごと》だ」

リザはちらりとアニアを見てから、入ってきた隠し扉をうっすらと開けた。

「……よし。誰もいない。行くぞ」

リザはアニアの手を摑《つか》んで廊下に出ると今度は小走りに西へと向かう。

「え？　どちらへ？」

「まだ見ていない場所はいくらでもあるだろう」

もうてっきり部屋に戻るのかと思っていたアニアは驚いた。いつも書庫内に籠もっていたとは思えない脚力で先に進むリザを慌てて追いかけた。

廊下を抜けて外に出ると、そこは広い石畳《いしだたみ》の空間が広がっていた。数十人の兵士たちがそれぞれ剣の手入れをしたり、鍛錬をしている。

「ここは王宮警備の詰め所だ」

リザがそう言って歩み寄ると、こちらに気づいた兵士たちの中から声が上がる。

「王女殿下。またお散歩ですか」

「お一人で来られては王太子殿下に叱られますよ」

顔が利《き》くって……まさか、彼らのことだろうか。

アニアは驚いた。

本来なら彼らは気安く王女に声をかけられる立場ではないはずだが、リザがそれを許しているということだろう。リザも打ち解けた様子で答える。

「何を言うか。今日は一人ではないぞ。友人のクシー伯爵令嬢と一緒だ」

兵士たちが大げさに騒ぎ立てた。

「おお、人間のご友人ですか」

「殿下に書物以外のご友人がいらしたとは。よほど興味深いご令嬢なのですね」

「よくわかっているではないか。アニアはそこらの書物よりずっと面白いぞ」

リザの表情が柔らかい。軽口を叩く兵士たちにも笑って応じている。

何かと作法や立場にこだわる女官や侍女たちのいない場所だからだろうか。

兵士たちもリザのことをよく知っている……というか、くだけすぎではないだろうか。

というよりも、馴染んでいる様子からして、今までリザは書庫から抜け出して一人で城内のあちこちを見ていたのだろうか。侍女たちがリザを何日も見かけなかったというのは……そういうことだったのかもしれない。

「ところで、アルディリア一行はどうしている?」

リザの問いに兵士たちはこぞって答える。

「奴らの世話をしてる侍従が言うには、えらそうに飲むもの食うものにケチつけてるそうですよ。おまけに王子様はキラキラピカピカした服が大好きなようで、こちらに来ても仕立屋を呼びつけて毎日あれこれ注文してるとか」

「なかなかの色男で、本国では女性にモテていたって自慢なさってましたよ」

「オレも侍女に聞いたんですが、舞踏会までずることがないご様子で、昼間はお供を率《ひき》いてあちこち物見遊山に出かけたりしているようですよ。花街があるのかと問われた者もいるようで」

そう口にして、さすがに許嫁《いいなずけ》の女性関係の話題はマズいと思ったのか慌てて話題を変えてきた。

「あ、いえ。……もちろん、あちらは王女殿下に興味津々《しんしん》のようですよ。我らにまで探りを入れてきてました。大丈夫ですよ、すごい勢いで褒《ほ》めちぎっておきましたから」

口々に報告してくる内容からすると、どうやらエマヌエル王子は本気でリザの容姿について
あれこれ知りたがっているらしい。

それだけならまだしも、花街の話とか過去にモテていた武勇伝を警備兵にまで聞こえるよう
にペラペラと話したりしているようでは、あまり慎みのない人物だとバレバレだ。

ただ会うというだけなら、非公式の面会で済ませることだってできそうな気もするのに、ど
うして国王陛下はわざわざ舞踏会を顔合わせの場に選んだのだろう。大勢の前だったら、あか
らさまにリザに対して無礼なことはできないだろうけれど……。

もしかして、国王陛下もあの王子の人柄に疑問を持ってるとか。まさかね……。

けれど、兵士たちの前でへたなことを言うわけにはいかないので、アニアは口には出さなか
った。

「やれやれ。そなたたちが変な先入観を与えてくれては困るのだがな」

リザはそう言いながら手近にあった剣を両手で持ち上げる。

「アニア、ちょっと練習してみるか?」

そう言って渡されたのは細身の剣なのに、アニアの手にはずっしりと重かった。力に自信が
あるつもりだったけれど、さすがにこれを振り回すのは大変だ。

……王太子殿下やティムはこれより大きな剣を片手で持ってたのに。

「ちょっと無理です。殿下は剣を嗜《たしな》まれるのですか？」

自分より遙《はる》かに華奢《きゃしゃ》な腕に目を向けると、リザは不満そうに頬を膨《ふく》らませる。

「やってみたいと思っているのだが、こやつらは私には剣など滅相《めっそう》もないと言いおる。兄上はわざと大げさに負けてくれるし、これでいいだろうと木で作った剣を渡してくる。面白くもなんともない」

……そりゃまあそうでしょうね。

あの王太子が本気で剣を振るったらリザなどは吹き飛ばされるだろう。

兵士たちからすれば万一怪我でもさせたらと思ってしまうのだろうし、王太子は妹にとことん甘いと聞いているので、そのくらいの手加減はするだろう。

リザにとってはそれが不満だったのだろうか。

「だからアニアに覚えさせて女でも剣を扱《あつか》えると証明すれば、私も習わせてもらえるのではないか？　練習相手もできていいことずくめだ」

さすがにアニアもホンモノの剣を振り回した経験はない。それに生半可《なまはんか》な腕ではリザに怪我をさせてしまいかねない。

「それは……そうなるまでには、わたしの努力もかなり必要でしょう。かなりお時間がかかると思います」

正直に答えると、リザは楽しそうに笑う。

「かまわん。アニアは私に遠慮《えんりょ》せぬからな。期待しているぞ。さて。次にいくぞ」

「え？　けれどそろそろ戻りませんと……王妃様のご招待が……」

「大丈夫だ。ああしたものは遅刻したほうがいいのだ。早くから行けばいろいろと小言を聞かされる時間が長くなるだけだからな」

リザは人形のような美しい顔に、生き生きとした笑みを浮かべた。

どうやら最初から遅刻するつもりで、この冒険を始めたらしい。

まあ、楽しんでいらっしゃるなら、いいわよね。

アニアはそう思って気が済むまでとことん付き合う覚悟で歩き出した。

3

翌日、アニアは午前の仕事の合間に、休憩《きゅうけい》がてら庭の見える回廊を歩いていた。

舞踏会の打ち合わせに、女官として覚えなくてはならないことも多いので、頭の中が情報の詰めすぎで悲鳴を上げそうになっていた。

とはいえ、今回の舞踏会は王女殿下の晴れ舞台だからと、他の女官たちも気合いを入れてそれぞれ忙しく働いていて、新米だからできないとか言っている場合ではない。

広大な庭には、整然と隙なく刈り揃《そろ》えられた木々、そしてアニアが目にしたこともない大輪の薔薇《ばら》が房のように咲き誇《ほこ》っている。

ふと昨日の王宮内探索《たんさく》で遭遇《そうぐう》した寵姫《ちょうき》とその取り巻きの会話を思い出した。

こんなに綺麗なところなのに、中にいる人たちは嫉妬《しっと》したり、人を貶《おとし》めたりとろくでもないことに興じている。

ああいうドロドロとした悪意は物語の中だけなのかと思っていたけれど、実際目にすると気持ちのいいものではない。

「疲れていると良くないことばかり頭に浮かんでくるわね……」

アニアはそう呟いてから、自分の頬を軽く叩いた。

……綺麗な薔薇でも眺めて目の保養をしてから、リザ様のところに戻ろう。

そう思ってからアニアはふと目にした光景に思わず足を止めた。

「ええー？」

驚きのあまり思わず声を上げたくなった。

何なの、あれは。何やってるの。

周囲には人気《ひとけ》がない。それを確かめてからこっそりと庭に歩み出た。

見事に手入れされた薔薇の木々が整然と並んでいるが、問題はその薔薇の前で脚立《きゃたつ》に乗って作業している庭師だった。

「そこの貴方《あなた》。そのような剪定《せんてい》は……」

アニアが思わず声をかけると、猫背気味で顔の大半をふわふわの白い髭《ひげ》に覆《おお》われた庭師が脚立の上でびくりと振り返る。慌《あわ》てて頭を下げながらおずおずと問いかけてきた。

「ええと……なんですかね、お嬢様」

それを見てアニアは驚いてしまった。庭師の剪定のやり方があまりにも酷《ひど》いので声をかけてしまったのだが、まさか。

アニアは切り落とされた長い枝をつまみ上げて説明した。

「薔薇は花が咲いた枝の……ここに次の芽が出ていますでしょう？　ここの上で切れば次の新しい花が咲くんです。これでは深く切りすぎではありませんか？　薔薇が可哀想《かわいそう》です」

「……そ、それは申し訳ありません。最近入って来たばかりで」

アニアは恐縮《きょうしゅく》した様子で頭を下げる男に、大きな溜め息をついた。

そうじゃない。こちらが言いたいのはそんなことじゃない。

「……こんな簡単なことを知らない庭師はいませんわ。このようなところで何をなさってるんですか？　国王陛下」

そう問いかけると、相手は一瞬硬直してから脚立を下りようとしたので、慌ててアニアは落ちないようにと手を差し伸べた。

一瞬だけ相手は戸惑《とまど》ったような顔をしたが、アニアの手を借りて地面に下りるとすっと背筋を伸ばした。そうしてみると印象が変わる。

「さすがにあやつの孫だな。昔からあやつにだけは私の変装が通じなかった。どこがおかしかった？」

たまたま見ていると、信じられないくらい深く枝を剪定していたからびっくりした。それと、剪定をするのに枝に絡まりそうなくらい髭が長いのも危なっかしいと思った。

そして近くに来てから正体に気づいてさらに驚いたのだが。

アニアは声を落として冷静に答えた。

「庭師にしては手つきが怪しげでしたので。陛下だと気づいたのは近くに来てからです」

「そうか、庭師に指南を受けておかねばならなかったな」

国王は目を細めて微笑《ほほえ》むと、すっと目の前を指さした。

数人の男たちがちょうど中庭に出てきたところだった。見慣れない服装からしておそらくエマヌエル王子の随員《ずいいん》たちだろう。きっちりと軍服を着込んだ大柄《おおがら》な男たちの中に数人、軍服を着ていないひょろりとした者がいる。

「なるほど。では、察しのいいそなたに問おう。あそこにいる連中の中で誰が一番偉《えら》いと思う？」

そう言いながら手近な薔薇の枝をいくつか切ってアニアに渡す。女官が使いを頼まれて花をもらいに来たように装うつもりなのか、と察したアニアはその芝居に乗った。

アニアは男たちをじっと観察してから、ふと気づいた。

雑談をしているように見えて、中の一人が発言すると全員がさっと顔を上げるのだ。

「……おそらくあの栗色《くりいろ》の髪の一番背が高い男性ですわ。軍服を着ていますから護衛の武官でしょうか」

「どうしてそう思う？」

「他の人たちはことあるごとにその人を見て、指示を求めているように見えますから。お国にいるときなら自分たちで判断して動けるでしょうけど、ここは彼らにとって異国で勝手が違うはずですから、粗相《そそう》しないように上の人の判断を仰《あお》ぐようになるのではないでしょうか」

そう説明すると、しばらく彼らの様子を眺めていた国王が小さく声を上げて笑った。

「……そういうことか。では、この花はそなたへの礼だ」

そう言って一抱《ひとかか》えの薔薇を手ずから包んで持たせてくれた。

「こんなに。よろしいのですか？」

初めて見るような大輪の薔薇にアニアが思わず声を上げてしまうと、国王は穏やかに頷いた。

「かまわんさ。ここは私の庭だからな。……だが」

柔《やわ》らかい笑みを不意に引き締めて、国王はアニアの肩に手を置いた。

「今度からは怪しい者を見つけたらまずは衛兵に知らせるのだぞ。今は私だから良かったようなものの、もし潜入《せんにゅう》している密偵だったらどうするのだ」

密偵。それを聞いてアニアの妄想魂《もうそうだましい》に火がついた。

変装したりしてあちこちに潜入するとか、どんな人なのだろう。見てみたい。

「密偵って実在しているのですか？　ご覧になったことがあるのですか？」

「……い、いや。そもそも見てわかるような密偵失格だ」

アニアの勢いに気圧《けお》されたように国王が答える。

「それもそうですね……」

言われてみればたしかにその通りだ。国王の変装はアニアにでもわかる素人《しろうと》っぽさだったけれど、本物の密偵なら普通は小娘にバレるようなことはないだろう。

「密偵などという物騒な言葉に食いつくとは、さすがはあやつの孫娘だな。だが、本当に一人で動いてはならんぞ。思わぬ危険というのはいくらでもあるからな」

国王はそう言って髭の奥で目を細めて微笑んだ。

たしかにそうだったかもしれない。うかつだった。自分はまだ王宮内の危険についてよくわかっていない。

アニアは素直に頭を下げた。

「お心遣《こころづか》いありがとうございます」

それにしても、どうしてわざわざ庭師に化けていたんだろう。そんな疑問が顔にでていたのか、国王はまた背中を曲げて薔薇の剪定を始めながら口を開いた。

「ちょっと確かめたいことがあったのだ。ただ、向こうは私の顔を知っているからな」

御自ら確かめたいこと……？　アルディリア人一行に？

そう思ったけれど、それ以上は自分が踏み込んでいいことかどうかわからなかったので、アニアは一礼してからその場を立ち去った。

……昔からあやつにだけは私の変装が通じなかった。

ってことはあの方は変装の常習犯ってことじゃないだろうか。

変装して抜け出したりする方にお仕《つか》えするなんて、きっとお祖父《じい》様も苦労なさっていたのね。

大量の薔薇を抱えて部屋に引き返しながら、アニアは溜め息をついた。

部屋に戻ったら花瓶《かびん》の手配をしなくては、と考えながら廊下を歩いていると、アニアを呼び止める人物がいた。

ふと目を向けると、痩《や》せた白髪《しらが》頭の男がこちらに向かって歩いてくるところだった。

「アナスタジアではないか。王宮で働いていると聞いてはいたが本当だったのだな」

「まあ、ランド伯爵様。お久しぶりでございます」

アニアは薔薇を抱えていたので、空《あ》いた片手でスカートを摘まんで一礼した。

ランド伯爵ラウルは領地が近いのと父が親しくしていることから、昔からアニアの家によく訪ねてきていた。年齢は亡くなったアニアの祖父と同じくらいだと聞いているから六十歳は過ぎているだろう。

長身で手足が長くて痩せているうえに、ぎょろりとした目だけが油断ならない光を放っている。アニアは子供の頃ティムと二人でこの男に「カマキリおじさま《マント》」というあだ名をつけたことを思い出した。

伯爵はアニアに粘《ねば》っこい目線を向けてきて、それからふっと目を細める。

「いやいや。しばらく見ないうちに娘らしくなった。エリザベト殿下付きだと聞いたが、変わり者の姫君だから大変なのではないか？」

「お言葉ですが、殿下はご聡明でいらっしゃるだけですわ。とてもよくしていただいています」

この人の娘は寵姫エディットだ。リザや王妃との関係を考えれば、うかつなことを口にはできない。

「そうか。主君を悪く言うわけにはいかぬからな。良い心がけだ。何か変わったことや困ったことがあったら、いつでも相談にのるぞ。なにしろ殿下には無事アルディリアに嫁《とつ》いでいただかねば、せっかくの友好関係が台無しだからな。くれぐれも気にかけて差し上げるのだぞ」

べつに貴方に言われてやってるわけじゃないんですけど。

アニアはそう思いながら相手の指に目を向けた。今日はあの悪趣味な指輪はしていない。

さすがに王宮内であの指輪はよろしくないとわかっているのだろうか。だとしても、娘の方はまったく自重していないけれど。

「……はい。誠心誠意お仕え申し上げる所存です」

アニアはそう答えて慎《つつ》ましく頭を下げた。内心は穏やかではなかったけれど。

何が無事嫁いでいただく、なのよ。せっかくの友好関係ですって？　あれだけ前《さき》の戦争で反アルディリア派だったことを自慢にしていたくせに。

それにこの人の娘は王妃やリザの悪口を取り巻きたちに言わせたい放題だ。いかにも自分の方が国王からの寵を受けているのだと言いたげに。

ランド伯爵はひとしきり最近の自慢話をしてから、エディットのところに行かねばとわざとらしく言うと去っていった。

やっぱりあの人は好きになれない。一見ほっそりして品のいい紳士に見えるけれど、目がダメだ。獲物をぎょろりとねめ回すような、粘着質の目をしている。

「……ぼんやりしている場合ではないわ。早く生《い》けないと薔薇が台無しになってしまうじゃない」

アニアはそれに気づいて足早に階段を駆け上がった。

＊＊＊

やれやれ、本を読む時間も取れぬとは。

書庫から出てきたとたんに雑事が続いていて、リザは辟易《へきえき》していた。公務ならともかく、ただのご機嫌伺《うかが》いのような面会は片っ端から断ってほしいものだと思う。

やっと部屋に落ち着いて本を拡《ひろ》げたリザのところへ、国王の来訪を告げる侍従《じじゅう》がやってきた。

わざわざ部屋においでになるのは珍しい。何事かあったのだろうか。

リザは本を傍《かたわ》らに置くと立ちあがった。

慌ただしく入ってきたリザの父ユベール二世は、室内をぐるりと見回した。薔薇の花を生けた花瓶を見つけてリザに問いかけてきた。

「……アナスタジア嬢は？」

リザは一瞬耳を疑った。この部屋に来て一番に娘以外の名前を口にするとは。

「先ほどその大量の薔薇を部屋に生けてから、別の仕事に行きましたが……何か？」

アニアは親切な庭師さんに薔薇をもらったからと言っていた。その薔薇を父が見ていたことにリザは疑問を抱《いだ》いた。

「そうか。……エリザベトよ、頼みがあるのだが」

「アニアは父上には渡しませんよ」

珍しく父が執着している様子に、リザはきっぱりと告げた。

父はアニアを側《そば》に取り立てたいのではないかとリザは疑っていた。

アニアは即位直後の父を支えてくれた元宰相《さいしょう》に似ているらしく、興味を持っていたのを見ていたから。

彼女の両親はそれを望むかもしれないが、リザにとっては貴重な友人であるアニアを父の愛人の一人に埋《う》もれさせたくない。

国王は即座に首を横に振る。

「違う。そうではない。あの娘について教えて欲しいのだ。あれはどこか変ではないか？」

「変？　どこかおかしなところがありますか？」

確かに彼女は普通の貴族の令嬢とは雰囲気《ふんいき》も言動も違うが、父の言う変というのは何のことなのか。

父はアニアの妄想やら小説執筆のことは知らないはずだ。何があったのだろうか。

リザの問いにユベール二世は先ほど彼女と庭で会ったことを教えてくれた。

「今度は庭師に仮装ですか。どのご婦人を口説《くど》こうと思ったのですか」

「私が女がらみでないと変装しないと思ったのか」

「他に理由があるのですか？」

おそらくアニアが持ってきた薔薇の品種からして、アルディリアの王子一行が滞在している東棟《とうとう》のあたりの庭だろう。

……アルディリア側の動向を見に？　やはり父上も何か気になっているのだろうか。

相手は大げさに咳払《せきばら》いをして誤魔化すと、腕組みをして悩む仕草《しぐさ》をした。

「問題はそこではない。彼女は私の変装をあっさり見破った上に、私の左足のことを知っている」

「左足？　昔痛めたという……？」

リザの父は若い頃狩猟《しゅりょうちゅう》中に落馬して左足を痛めた。後遺症《こういしょう》でしばらく足を引きずっていたらしいが、今は注意して見ない限りほとんど目立たない。

それはリシャールが生まれたばかりのころのことだ。リザですらそれを聞くまでまったく気づかなかったくらいなのに。

「先ほど彼女の前で脚立から下りようとしたら、わざわざ左側に回って手を差し伸べてきた。

あの動きはエドゥアールと同じだ。あやつめは過保護だからことあるごとにああして手を差し出してきた。だが、臣下《しんか》でもそのことを知っている者はもはや少ないというのに。似ているなどというものではない。……あの娘の中にはエドゥアールが入っているのではないか？」

リザは啞然《あぜん》とした。どうやら父は酷く混乱しているらしい。

「いくらなんでもそれは……」

「私もそう思うのだが、本当に何かの拍子《ひょうし》でエドゥアールが中から出てくるのではないかと……あやつならそのくらいするのではないかと、期待してしまったのだ」

彼女の中に祖父が入っているとはあまりに突飛《とっぴ》な発想だが、完全に否定できなかった。昨日の散策で、リザ自身も驚かされたのだから。

彼女の小説に出てくる色男の貴公子は王の庶子《しょし》で王宮内の隠し通路に通じている。その知識を使って陰謀《いんぼう》を暴《あば》く場面もあったが、驚いたことに描写が見てきたように細かいのだ。改築前の王宮の古い図面で確認してみたら彼女の描写とそっくりな場所がいくつか存在した。その一つが肖像の間とそれに通じる回廊だった。連れて行ってみれば見事に隠し部屋を見つけてしまった。

問題はどこでアニアがそれを知ったのかだ。

隠し部屋や隠し通路はそもそも何らかの理由で内密に作ったもので、それを官職もないただの少女が知っているというのはありえない。

彼女の祖父は先代国王に仕えていたがすでに亡く、父親は無位無官の地方貴族だ。何より知っていても身内にべらべらと話すはずもない。

リシャールは雇《やと》うにあたって身辺調査もしたらしいのだが、彼女の周りに王族の生活に詳《くわ》しい者や高い官職にある者は、リシャールの護衛をしているバルト子爵家の次男坊ティモティ・ド・バルトしかいない。

おそらく彼は隠し部屋など知らないだろう。彼はアニアと違い昔の王宮についての知識もないようだった。

彼女の家にはランド伯爵がたびたび出入りしているようだが、あの男も昔の王宮の様子ならともかく、隠し部屋などを知る立場ではない。

説明がつけられない。だからといって父のような極端な結論もリザには考えられなかった。


リザが言葉に迷っている様子に、ユベール二世は何かを感じ取ったらしい。

「どうかしたのか?」

「実は、昨日アニアと城内を散策していたのです」

その顚末《てんまつ》を説明すると、国王が目を丸くした。

「……肖像の間に隠し扉? 私は知らぬが、あのあたりは先代から手を入れていないからな。

おそらく父上が使っていた部屋だろう」

発見したのはアニアだった。壁の装飾を二ヵ所動かさないと開かないそれをあっさりと。

「父上もご存じないのですか」

「何しろ私は王位には縁のない第三王子だったからな。色々と父上に教わりそこねたことが多いのだ」

リザの祖父ジョルジュ四世が崩御する直前に、父の二人の兄が次々に亡くなった。もともと世継ぎとして育てられていなかったために、即位してから苦労したらしい。

「それにしてもよく見つけたものだな。やはりあの娘どこかにエドゥアールを隠し持っているのだ。そうに違いない」

この父の突拍子もない発想はどこから来ているのか……。

とはいえ、死者がそこらをうろつくようなことはあり得ない。

「どこに隠すと言うのですか……。そもそもアニアは想像力たくましいところがあるからかもしれません」

作中に出てくる出来事にしても田舎《いなか》育ちで貴族の駆け引きなど知らないはずなのにさらりと当然のように語られている。

ただ、普段のアニアは妄想癖《へき》を除けばごく普通の明るくて元気のいい少女にすぎない。

「そもそも父上、そのエドゥアール殿はこの宮殿内部にかなりお詳しかったのですか？　その隠し部屋などのことも……」

「奴《ヤツ》はそもそも若い頃から重要文書や書物の管理をする部署《ぶしょ》にいたからな。建築図面なども管理していた。私より詳しかったかもしれんな。それに何より、奴は父上にとっては一番の寵臣《ちょうしん》であったのだ」

「……」

文書や書物の管理。そういえば、アニアは書庫から本を探し出してくるのが他の誰よりも早かった。実は今までも侍女や女官に頼んだことがあったが、見つけ出せなくて戻ってくることがほとんどだったのに。

リザは記録でしか知らない先代国王時代の宰相クシー伯爵エドゥアール。小柄で丸顔、あだ名は「穴熊《あなぐま》」。女好きで遊び放題の先代の治世を支えていた優秀な人物だったらしい。

けれど、とうの昔に亡くなったのだから、アニアの中に隠れているわけがない。

「まあ、さすがに若いご婦人に、お祖父さんが入っているというのは失礼な言い草かもしれんな……。だが、彼女を見ていると思い出すのだ。雰囲気もちょっとした仕草や歩き方もそっくりで……」

ユベール二世は懐《なつ》かしむような表情で微笑んだ。

「エドゥアールは父にとっては一番の友人で、理解者で、寵臣だった。私はそのような存在を得られなかったが、エリザベト、そなたにとってあの娘がそうなればと思う」

……友人。

今までは立場上友人を持つことは政治的な意味合いを含むので、面倒だと思っていた。下手《へた》に多くの友人を得れば派閥《はばつ》を作ろうとしていると勘《かん》ぐられる。

媚びてくる輩《やから》も、ことさらに絡んでくる輩もいたがどうでもいいと思った。

本の文字を追っていたら、誰の言葉も耳に入らない。それが心地よかった。

書庫に住み着くようにしたら変わり者のおかしな姫だと誰も寄ってこなくなったから、誤解も恐れず好きなように振る舞った。

誰も側に来なければいい。嫁ぐまでこの調子でいられればとも思っていた。

……だが、あれは真《ま》っ直《す》ぐに突っ込んできた。

アニアはリザの塞《ふさ》いでいた心に風穴を開ける勢いで飛び込んできた。おかげで今や彼女の心の中は明るい日差しが照りつけて、全く違う世界にいるようだった。

信頼してずっと側に置きたいような、そんな人間は得がたいものだ。

だから、アニアには友人だと告げた。自分だって一人くらい友を持ってもいいだろうと思った。そんな気持ちにさせられたのは彼女の不思議な魅力のせいかもしれない。

「……そうですね。ただ、彼女をアルディリアにつれて行くことはできないでしょうから、ずっとというわけにはいきませんが」

悪化していた隣国との関係修復は必要だし、自分が嫁いで行くことでそれが成立するというのなら異を唱《とな》えはしない。それが王女としての自分の義務だ。

ただ、同盟が成《な》るとはいえ、敵国だったことには変わりない。連れて行く随員はアルディリア派の家から選ばれることになる。クシー伯爵家は論外だろう。

だから、いつまでも一緒にいられるわけではない。

「まあそう決めつけることもない。先のことなど何一つわからぬのだから。今を存分に楽しむ方がいいだろう」

父の言葉にリザは驚いた。

それではアルディリアとの同盟でさえ不透明だと言いたげではないか。

言いたいことを言ったので満足したのか、父は、そろそろ帰る、と立ちあがった。

「そうだ。もし機会があれば、彼女に問いかけてみてくれぬか？　父のブローチはどこに行ったのか」

リザはそれが何を意味しているのか理解した。

ジョルジュ四世の肖像画に描かれた紫色の宝石があしらわれたブローチ。それは元々アルディリア出身の二番目の王妃が贈り物《おくもの》として持ってきたものだ。

それがのちに王位継承者の指名ではないかと噂《うわさ》されたが、そのブローチ自体は表向き行方《ゆくえ》しれずになっている。継承戦争に敗《やぶ》れた父の異母弟が逃亡時に持ち出したとも言われているが、定かではない。

おそらくその行方を知っているのは、父の他にはエドゥアール・ド・クシーと今の持ち主だけなのだろう。

「けれど、父上、それを知ってどうなさるのです?」

リザは父の真剣な眼差《まなざ》しに、アニアを手元から奪われるような事態が来るのではないかと、かすかな不安に襲われた。

「心配するな。リザの友人に手出しはしない。それにあの娘自身には関わりのない話だ。……ただ、知りたいだけだ。あやつが私を恨《うら》んでいたかどうか」

王宮を追われたまま二度と戻らなかった宰相のことはずっと気にかかる存在だったのだろうか。

「エドゥアール殿はともかくアニアは父上のことを憎《にく》んではいないように思えますが」

彼女の好奇心旺盛《おうせい》な目には恨み言を言うような暗さはない。キラキラと何もかもが興味深いと雄弁に語っている。もし彼女の中に祖父がいるのなら、王家に対する恨みがあればその影響があるはずだ。

「当たり前だ。若い女の子に嫌われたら立ち直れないぞ」

国王はしれっとそう言ってから、頼んだぞ、と慌ただしく去って行った。

祖父の代以来久しぶりにアルディリアとの政略結婚が成立しようとしている時に、過去の話が取り沙汰《ざた》されるのは仕方のないことだ。

ただ、アルディリアは油断ならない国だから、他にも何らかの動きがあるのではないかと警戒《けいかい》はしていた。だから本来は慶事《けいじ》であるはずなのに、気が休まるときがなかった。

……こんなときにアニアが王宮に現れたのはどのような采配《さいはい》なのか。

「……本当に興味深いな」

リザはそう呟いて口元に笑みを浮かべた。自分の気持ちが浮き立っているのを自覚していた。

これほどまでに楽しみな存在など、いただろうか。

＊　＊　＊

ふと目を向けると、窓の外にはほぼ満月に近い明るい月があった。そのせいか落ち着かない気分になった。

月が明るい夜は人を狂わせる、という言い伝えがある。だから、胸騒ぎがするのだろうか。

夜は闇《やみ》に包まれているほうがいいのかもしれない。

部屋に戻ったアニアは小説の続きを書こうと机に向かっていた。

今書いているのは敵国に政略結婚で嫁いだ姫に会うために主人公の貴公子が身分を隠して潜入《せんにゅう》する話だ。姫は主人公にとっては腹違いの妹で、冷たくあしらわれているのではないかと案じる主人公に、姫は幸せだと答える。

周りは皆敵ですが、夫だけは私を愛してくださいます。それだけで幸せです。

主人公の想い人は彼女付きの侍女だ。姫の苦悩を側で見て支えている気丈《きじょう》な女性にさらに思いを募《つの》らせる貴公子……。

そこまで綴《つづ》ってから、アニアはペンを止めた。

……何だかこのお話は自分の願望が出ている気がする。

リザの婚約者はどんな人なのだろう。異国に単身嫁いでいくリザの味方になってくれるのだろうか。リザを大切にしてくれるだろうか。

聞いている話だけではいくらか不安はあるけれど、モテるという話だから、きっと魅力的な人に違いない。女性に優しい人のはずだ。

リザには嫁ぎ先で幸せになって欲しいと思う。

だからこのくらいの妄想は許されるだろうか。

「……そういえば」

ふとアニアは思い出した。

祖父はどうして王宮を追われたのだろう。

そもそも、何か悪いことをしたのなら、その孫のアニアやティムを王宮に入れたりしないのではないだろうか。

考えていたら一つの言葉にたどり着く。

二十年前の王位継承戦争。

あのとき勝ったのは反アルディリア派が推《お》したユベール二世だった。アルディリア派は多くが王宮での地位を失ったが、アニアの祖父は反アルディリア派の筆頭とも言える立場だった。

その点で王宮を追われる理由はなかったはずだ。

けれど祖父はその戦争が決着する直前に王宮を去った。一体何があったのだろう。

誰かが突然左遷《させん》されたりするときは、後釜《あとがま》になった人間を見れば理由がわかる……とか言うけれど。

祖父の後に宰相の地位に就いたのは祖父と同じ反アルディリア派のランド伯爵だった。

……全然わからないわ。

ランド伯爵が宰相になりたいから、娘を通して国王に何か讒言《ざんげん》を弄《ろう》して祖父を追い落としたのだろうか。けれど国王はそこまで寵姫を重んじているようには見えなかった。実際ランド伯爵はその後すぐに宰相を辞めさせられている。

祖父の人柄は知らないが、評判を聞く限りあのランド伯爵より劣《おと》っていたと思えない。

アニアの父は無邪気にもランド伯爵を尊敬しているけれど、アニアはあまり好感を持てずにいる。

ランド伯爵はアルディリア派についた長男を勘当してしまったほどの潔《いさぎよ》い人なんだぞ、すごいだろう、と父が自慢げに言っていた。

逆に言えば保身のために身内をも見捨てるような人だってことじゃないんだろうか。

……ランド伯爵は本当に忠臣なんだろうか。だったらなぜあんな指輪を身につけていたのだろう。

自慢げに見せびらかしてきたあの指輪の紫が頭の中に浮かんできた。

二十年前の戦争のとき、アルディリア派は肖像画に描かれていた紫色の宝石の由来を自分たちの主張の根拠《こんきょ》にしていた。ならばそれが国王にどのような印象を与えるかはわかっているはずだ。

どういうことだろう。ランド伯爵は今になってアルディリア側につこうとしているの？まさか本当に舞踏会で何か起こそうと企《たくら》んでいたり……？　冗談じゃない。何もないのが一番なのに。リザのためにもこの国のためにも。

舞踏会が無事に終わって、アルディリアの一行が何事もなく帰ってくれればいい。気のせいだと思えばいい。

なのに、あの紫色が頭をよぎると心がざわめく。

「やっぱり月夜はダメだわ」

胸騒ぎが止まらない。考えがまとまらない。今夜はもうやめにしよう。

アニアはペンを片付け始めた。

疑念が次々とわいてきて、一途な恋物語を書く気持ちではなくなってしまった。

道具をしまい終えても、まだ何かが引っかかる。

……わからないことは調べるなり人に聞くのが一番だわ。

そう思い立ってアニアはリザの部屋に向かった。

先ほど、後は本を読んで眠るだけだから下がって良い、と言われて自分の部屋に戻ってきたばかりだ。リザがあの時持っていたのは分厚い年代記だったから、まだ起きているはずだ。

扉を叩いて呼びかけてみたけれど返事はない。

「……リザ様？」

そっと扉を開けるとテーブルの上に拡げたままの書物が置かれていて、主《あるじ》の姿はどこにもなかった。

いつの間に出かけたんだろうか。眠るのなら本を拡げたままにはしないだろう。

もう外は暗いというのに、一体どこへ……？　本を置いたままということは、急いで出かけたようにも思える。

侍女にでも尋ねてみようか、と部屋を出て歩き出したところで、いきなり物陰から飛び出してきた男がアニアの両腕を摑《つか》んだ。

突然のことに悲鳴も上げられなかった。そのまま背中を壁に押しつけられるように追い詰められてしまう。

何？　誰？　こんなところに侵入者？

目の前にいるのは二十歳前後の細身の若い男。栗色の長い髪を後ろで束《たば》ねている。着ている服の生地は上等だし全面に重そうなくらい豪奢《ごうしゃ》な刺繍《ししゅう》を施《ほどこ》されたもの。袖口《そでぐち》にあしらったレースといい、それなりの身分だと察せられる。

それでも、貴族の子弟であるとしてもこれは許されない行為だ。ここは北の棟の中でも王族の私室の集まった場所。勝手においそれと入り込むことはできない。

「離しなさい。何事ですか？　人を呼びますよ」

振りほどこうにも力の差が大きくて、相手の身体を押しのけることもできない。というより手に上手《うま》く力が入らない。

相手はニヤニヤと余裕で笑っている。整った顔立ちだが、だらしなく緩んで歪《ゆが》んでいるのが品性の悪さをうかがわせる。

「やっと見つけたぞ。そなたがエリザベトか？　なかなか可愛《かわい》らしいではないか」

そう言いながら腰に手を回してきた。顔が近づいてきて気づいたけれど、吐息《といき》が酒臭《さけくさ》い。

……まさかこの人……。

なぞってくる手の嫌悪感に全身が寒くなった。それでもアニアは相手の素性《すじょう》を察して、周りに聞こえるようにはっきりと言い返した。

「違います。やめてください」

「何だって？　嘘はいけないな。先ほど王女の部屋から出てきただろう。恥ずかしがらずとも、いずれ夫婦になるのだからな。今から懇意《こんい》になっておかねばなるまい？」

やっぱり、この人がエマヌエル王子だ。どうやってここまで入ってきたのか知らないけれど、こんな強引なことをしてもいいわけがない。

……リザにこんな真似をしようとしてたの？

次第に恐怖よりも強烈な怒りがこみ上げてきた。

いくら婚約者であっても許されない。無礼にもほどがある。女をなんだと思っているのか。

「やめてください。このようなことが許されると……」

「許すも何も、アルディリアの王族を裁けるはずがないだろう？」

その通りだ。ぶん殴ったら国際問題だろう。

でもそんなの関係ない。女の敵は万国共通だ。

無遠慮《ぶえんりょ》に身体に触れてくる手に、アニアが我慢の限界だと拳《こぶし》を握りしめた瞬間。

不意に目の前が明るくなって、男の身体が吹き飛んだ。

「大丈夫？　遅くなってごめんね」

そう言いながらアニアに手を差し伸べてくれたのはティムだった。

そして、ティムの向こうに庇《かば》うように立ち塞がった大きな背中を見つけてアニアは驚いた。

……何でこの人が。

一方殴り飛ばされた方は頬を押さえて怒鳴っている。

「何者だ。貴様、このようなことをしていいと思っているのか？　私が誰なのかわかっているのか？」

「では、地位があれば女性に痴漢《ちかん》行為を働くことは許されているとでも？　我が国では通用しない理屈ですな。エマヌエル殿下」

氷で覆《おお》われたような無表情で告げるリシャールに、相手は顔を強《こわ》ばらせた。身分を承知で殴《なぐ》ってきたからには、それなりの地位がある相手だと察してどう出てくるのかと警戒しているのかもしれない。

「文句があるなら、いつでもこのリシャール・マティアスが承《うけたまわ》りましょう。お国でなら許されるかもしれませんが、この王宮内ではこの国の流儀《りゅうぎ》に従っていただきたいですな」

その名前を聞いたエマヌエル王子は顔をますます真っ赤にして、失礼する、と言って立ち去った。

……あれがリザ様の未来の夫君《ふくん》。

アニアは現実に打ちのめされたような気持ちになった。

国のためだとはいえ、それがリザの役目だとはいえ、彼女があの男に嫁がされるというのが、やりきれなかった。

今までもあまり良くない噂を耳にしていたけれど、それでもリザに優しく接してくれる人ならいい、と想像していたのに。

「アニア。大丈夫？　怖かっただろう？」

ティムがそう言って肩を抱いてくれた。

「ごめんなさい。びっくりしてしまって……」

あまりのことに驚いたし、今になって恐怖で身体が震えてきた。優しい従兄《いとこ》の言葉にほっとして思わず涙が出そうになったけれど、何とか堪《こら》えた。

背筋を伸ばして、リシャールに歩み寄った。

「王太子殿下のお手を煩《わずら》わせて申し訳ありませんでした」

彼は何か言いたげにこちらに振り向いたが、すぐに背を向けた。

「人として当然のことだ。詫《わ》びなど要《い》らぬ。父上に事情を説明してくるので、バルトはしばらくここにいろ」

そのまま大股《おおまた》で歩いて行ってしまう。

優しい言葉ではない。けれど、冷たくもない。

おそらく彼が王子を殴ったのは、ティムやアニアが殴れば罰《ばっ》せられるかもしれないと思ったからだろう。

そして、ティムを残してくれたのも、きっとアニアを一人にしないための配慮《はいりょ》だ。

さらりとこんなことをしてくれる人だとは知らなかった。

「……思ったより、いい人？」

ぽつりと呟いたアニアに、ティムが微笑んだ。

「そうだよ。だからあんまり怖がらなくて大丈夫だよ」

自分を庇ってくれた背中が、とても大きくて頼もしく見えた。怖いとばかり思って、ちゃんとあの人を見てなかったかもしれない。

「……そうね。本当に来てくださって助かったわ」

「そうだね。あの王子殿下が強引に北棟《ほくとう》に入り込んだと報告があったから、王女殿下の寝所《しんじょ》を狙っているのかと念のために来てみてよかったよ」

「……そういえば、王女殿下は？」

「ああ。エリザベト様なら先に……」

ティムがそう言った途端に、乱暴に背後の扉が開いて顔を真っ赤にしたリザが駆けだしてきた。

「アニア。無事であったか。怪我はないか？」

そう言ってアニアを抱きしめてきた。泣きそうな顔でこちらをのぞき込んでくる。

「リザ様……」

「あのバカが強引にこちらに入ってきたからと、女官長に寝室へ閉じ込められておったのだ。そなたの声が聞こえたから助けに出ようとしたのに、女官どもに止められてしまったのだ。すまなかった。そなたはまだ王宮に慣れておらぬのに……あのバカがなんということを」

感情を昂ぶらせて早口にまくしたてたリザに、アニアは胸が熱くなった。

こんなに心配してくださるなんて思わなかった。

「わたしのことより、あなたが無事で良かったです……」

そう答えると、リザは頭を大きく横に振った。こちらを見つめてきた金褐色《きんかっしょく》の瞳に怒りの炎が宿っているように見えた。

「いいや。全然良くない。アニアにあのようなバカが触れていいはずがない。あれは一度すっぱりと去勢したほうがいいのではないか？」

リザはすっかり婚約者の王子をバカ呼ばわりすることにしたらしい。しかも去勢？

側で聞いていたティムが顔を引き攣《つ》らせていた。

「……リザ様。さすがにそこまでは……」

「アニアが許しても私は許さぬぞ」

それでもリザの興奮は収まらないようだった。

「私は決めた。夫婦というものは最初が肝心《かんじん》だ。あの男が将来の夫だというのなら、その性根《しょうね》を今のうちにたたき直してやるのが将来の妻の役目であろう。二度とふざけた真似などできぬように調教してやる。……舞踏会が楽しみだな」

調教。人形のように美しい姫君の口から飛び出すには物騒な単語に、アニアは唖然としてしまった。

深夜だというのに、すっかり眠る気も失《う》せた様子で、リザはアニアに振り返った。

「よし、アニア。これから計画を立てるぞ。鉄は熱いうちに打たねばならぬからな」

熱いうちに打っちゃったらとんでもない計画になりそうな予感しかしないんですが。

けれどリザの怒りは当然だとも思えたので、アニアはそれ以上言えなかった。

舞踏会を巡《めぐ》っては、ただでさえランド伯爵たちとアルディリア側の動向が怪しげで不穏なのに。エマヌエル王子の調教とか……。

一体どうなるんだろう……舞踏会。

アニアは舞踏会が無事に終わるのを願っていたが、どうやら事態はまったく逆方向に進みつつあるようだった。

4

結局一睡《いっすい》もできないうちに朝が来てしまった。

アニアこと、クシー伯爵令嬢アナスタジアは手早く身支度《みじたく》を調えると、主人の起床を手伝うべく部屋を出た。

他の女官たちがアニアを見て、口々に問いかけてくる。

「昨夜は大変だったそうね。大丈夫？」

「……もう皆さんご存じなんですか？」

「ええ、かなりの噂《うわさ》になってるわ。あまりにも無作法なことですもの。ただ、王女殿下にとっては不名誉なことだから、表立っては騒がないようにはしてるけど」

その場にいた者たちが全員頷くので、アニアは驚いた。昨日の出来事はどうやらすでに女官たちの間で知られているらしい。

この場にいるのは王女付きの者たちなので、ある程度冷静に振る舞ってくれているけれど、面白《おもしろ》がって話を拡げるような人がいないとは限らない。

エリザベト王女付きの女官になってから驚くような経験をさせてもらっていたが、その中でも昨夜の出来事が一番だろう。しかも悪い方で一番だ。

王女の婚約者である隣国アルディリアのエマヌエル王子が無礼にも王女の私室を狙《ねら》ってきて、人違いなのか故意なのか居合わせたアニアに絡んできたのだ。

あり得ないわ。いくら婚約者だからって未婚女性の私室に勝手に押しかけるなんて。その上、女性に対する態度としても最悪だ。

危うく押し倒されそうになったところで王太子リシャールが駆けつけてきてくれなかったら、何をされていたことか。

部屋に戻って一人になると恐怖よりもそれを上回る怒りがこみ上げてきた。

なによりも、被害に遭《あ》ったのは王女本人ではないし、政略結婚なのだからおそらく婚約が解消されることはないだろうということが、一番腹立たしかった。

……リザ様をあんな人のところに嫁《とつ》がせるなんて……。

悔《くや》しかった。

アニアが仕《つか》え始めたときから、優しい言葉をかけてくれて、リザと愛称で呼ぶことを許してくれた王女には幸せになって欲しいと思っていただけに。

おかげでまったく眠気がやってこなくて、眠れないならそのやりきれない感情を文章にぶつけてしまえ、と机に向かって小説の続きを書いていた。

そうしたら思いのほか筆が乗ってしまって、気づいたら朝になっていた。

眠れなかったのは半分はエマヌエル王子のせいだけど、半分は自業自得かもしれない。

「エリザベト王女殿下、お目覚めでございます」

女官長の声に、待ち構えていた女官と侍女たちが一斉《いっせい》に動き出す。

リザが寝所から現れると、まずは顔を洗う水盤《すいばん》を持った者、そして顔や手を拭《ぬぐ》う布を持った者が歩み出る。

それから着る順番に下着、ドレス、髪飾りを持った女官たちが続く。

リザの美しい金髪が整えられ、すらりとした長身に美しいドレスが着せつけられていく様子に見とれていたアニアだったが、不意にリザの金褐《きんかっしょく》色の瞳がこちらに向けられたのに気づいた。

どこか心配げに見えたので、アニアは小さく笑みを返した。

昨夜のことで気にかけてくださっているんだわ。

嬉しいけれど、複雑な気持ちだった。

自分の婚約者があんな無作法を働くことを知って、落胆《らくたん》しているのではないかとアニアは思っていた。

昨夜のリザは本気で怒っていた。

婚約者の王子に対して、今のうちに調教しなくてはならない、とまで言い放っていた。

そのうえ綿密な計画まで立てていたくらいだ。

それでもいくらかでも結婚相手に対して期待していれば、失望もあったかもしれない。

……怒っていてくださるぐらいがいいのかも。

怒りは人を動かす。だからまだいい。諦《あきら》めてしまうよりいい。

そう思ったからアニアはリザの「王子調教計画」に協力を惜しまないつもりだ。


身支度が終わったところで、リザはアニアを呼び止めた。

「朝食が来るまで間があるのでな、少し話がしたい」

そう言って他の者たちを下がらせた。アニアの前に歩み寄ると首を傾《かし》げる。

「やはりな。少し目が赤いぞ。眠れていないのではないか?」

「あ……これは昨夜書き物で徹夜《てつや》してしまって……」

そう答えると、リザがぱっと表情を明るくした。

「おお、この間の話の続きか? 書けたのなら読ませてくれるか?」

「そう言っていただけるのは光栄です。ただ、まだきちんと仕上げていませんし、本の形にもなっていませんから……それに……」

アニアはふと思い出した。あれはもしかしたら人に見せてはいけないものではないだろうか。

それどころか……。

「どうかしたのか？」

気持ちの変化が顔に出ていたのかもしれない。リザが問いかけてきた。

「……もしかしたら罪《つみ》になるかもしれませんわ」

「罪？」

「……今回書いていたお話には、堅物石頭《かたぶつ》の異国の王子が出てくるんです。主人公を密偵と疑って尋問《じんもん》して、彼が大事にしている姫を失脚させようとする……敵役の嫌な男なんです。わたし、軽率にもその男の名前を王太子殿下と同じ名前にしていました。さすがにこれは無礼ですわね……。誰かに見られたら不敬罪だと言われて投獄《とうごく》されてしまうかも……」

それを聞いたリザが目を丸くした。

「……いや、さすがにそれはないだろう。兄上と同じ名前の男など他にいくらでもいるし、問題ないのではないか？」

けれど、アニアの周囲にいるリシャールという名の男性は王太子だけなのだ。

王太子の最初の印象があまりに強そうで恐ろしく見えたから、敵役にぴったりかも、と出来心で名前を借りて書き始めたものの、これは失礼に当たるのではないかと今になって思い当たった。それどころか王族を侮辱《ぶじょく》しているとか思われたら大変なことになる。

それに昨夜の一件でアニアの中の王太子の印象もずいぶん変わった。

アニアをエマヌエル王子から救い出してくれた。怖くて厳しくて、新米女官のアニアのことなど気にかけていないと思っていたのに。

そうなると敵役に名前を使うのは申し訳ない気持ちになる。

「……むしろ罪に問われたい気持ちですわ……。わたしときたら助けてくださった殿下に対してなんという失礼なことを……」

不意にそこでリザがぷっと吹き出した。

「……すまぬ。そなたが真剣に悩んでいるのはわかったのだが、堪えきれなかった」

どこかに笑える要素があっただろうか。アニアが戸惑っていると、リザは穏やかに付け加えた。

「てっきり昨夜のことで怖くて眠れなかったのかと心配したのだが、どうやら杞憂《きゆう》だったようだな」

「ご心配をおかけして申し訳ありません。最初は確かに気になってましたけど……書いているうちに忘れてました」

物語を綴《つづ》っていると、現実の嫌なことは忘れていられる。だから、寝不足をエマヌエル王子のせいにするつもりはなかった。

「それならよかった」

リザはほっとしたように頷くと、口元に悪戯《いたずら》っぽく笑みを浮かべた。

「ところで、アニア。名案がある。誰も読んでいないのならまだ罪に問われることはないぞ。今のうちに名前を変えてしまえばいい、たとえば……レナルドなら、綴りが似ているから上書きで直せるだろう」

「……確かに。証拠隠滅《いんめつ》ですね」

「書き直したら読ませてくれるか？　そうすれば問題ないかどうか確かめられるだろう？」

「かしこまりました」

アニアは大きく頷いた。名前を変えれば罪悪感は減る。字面《じづら》が似ている名前なら書き直しも簡単だ。

「万が一にも王太子殿下に知られなければ大丈夫ですよね」

「兄上なら逆に……いや、何でもない」

「え？」

リザが珍しく言葉を濁《にご》したので、アニアは首を傾げた。

逆に？　いや、さすがに悪役に名前を使われて気を悪くしない人はいないわ。

アニアはそう確信した。

「いつか名前をお借りするときはもっと格好いい役回りにしますわ。わたしごときを助けてくださったのですもの。なのにお礼もきちんと申し上げられなかったですし」

リシャールは感謝を伝えようとしたアニアに、当然のことだと言って去って行った。おそらくリシャールの目にこの小説が触れることはないだろうが、この気持ちを何かで形にしたかった。

「そうか……アニアは兄上を格好いいと思うのか」

リザが意味ありげに頷いた。

「王太子としてとてもご立派だと思います。わたしごときが申し上げるのも僭越《せんえつ》ですが」

今でも近づきがたいとは思っているけれど、立場上それも仕方ないのかもしれない。

「なるほど。いや、参考になるな。そうか。アニアは兄上を立派だと思うのだな」

まるで誰か他の人のことを言っているかのように答える。

リザはそうは思わないのだろうか。もしかしたら妹から見れば点が辛《から》いのかもしれない。

アニアにも兄がいるのでそれを頭の中で置き換えてみた。

確かに兄を格好いいって思ったことはないわ。だって、褒《ほ》めるところが見当たらないんですもの。でも、王太子殿下くらいの方だったら自慢したくなると思うのだけど。

「まあ、昨夜のことが重荷になっていないのならよかった。もし、アニアをあの後も苦しめたのならあやつを調教だけではすませぬところであった」

リザの金褐色の瞳に危険な光が宿る。

……ああ、まだ昨夜の怒りは収まっていないんだわ。

アニアは慌てて話題を変えようとした。朝から調教などと物騒すぎる。

そこへ女官長がやってきて、アニアに面会人が来ていると告げた。実家からの使いの者だと。

家で何か起きたのだろうか。また両親が何かやらかしたとか……。

動揺したアニアに、リザは大きく頷いた。

「下がって構わぬぞ。家のことも気になっているであろう?」

「ありがとうございます」

一礼してリザの前から下がると、逸《はや》る気持ちを抑《おさ》えながら早足でアニアは面会に向かった。

＊　＊　＊

「これで詰みですね」

そう言いながらリザは手に持っていた白の駒《こま》を盤上に置いた。形成ははっきり言って白の圧勝だ。

盤を挟《はさ》んで向かい合って座っているリシャールは、まじまじと状況を眺めてから負けを認めて両手を挙げた。

「そのようだ。オレの負けだ。もう一勝負するかい?」

「兄上、今日は上の空のようですからやめておきましょう」

リザはそう言って盤上の駒を片付ける。

朝の執務が終わった頃に突然リザの部屋に押しかけてきて、自分から勝負を申し込んできておいて悪手の連発だ。その上時間稼ぎのようにだらだらと降参せずに打ち続ける。リザからすれば全く面白くもなんともなかった。

言われたリシャールは顎《あご》に手をやって考え込む仕草をする。

「そんなにぼんやりしていたかな？」

「他人から見たら物憂《ものう》げにしているように見えたかもしれませんが」

普段から愛想のいい方ではない兄だが、今日は明らかに意識が盤上に向いていなかった。一体何をしに来たのかこちらから問うべきなのかとリザが思いかけたところで、

「……アナスタジア嬢はどうしている？」

突然リシャールが声を落として訊《たず》ねてきた。

「アニアですか？　今は家からの使いが来ているとかで席を外していますが」

「……昨夜のことでオレのことをさらに怖いとか思っていなかっただろうか」

「怖い？　何故《なぜ》ですか？」

昨夜の件では悪いのはあのアルディリアの王子であって、リシャールに怯《おび》える理由はないはずだ。

「あの王子殿下の所業だけでもさぞ恐ろしかったはずなのに、オレまでもご婦人の目の前で暴力をふるってしまったからね……」

リシャールがリザを訪ねてきたのは、アニアのことを心配してのことだったらしい。チェスの勝負中も上の空だったのは、そのせいだろう。

この兄が特定の女性をここまで気にかけるのは珍しい。

「そこまで怯えてはいないでしょう。兄上に感謝していると言っていました」

「そうか……ならばいい。だが、口ではそう言っていてもやはり乱暴な振る舞いをしてしまったのは……」

リザはまだぐるぐると悩む兄を見て呆《あき》れてしまった。

アニアはまだ知らないが、リシャールは彼女が書いている小説の熱心な読者だ。だから、彼女は新入りの女官という以上に兄にとっては重要な人物だった。初対面から意識しすぎて空回りしてしまうくらいに。

それだけに彼女に手を出そうとしたエマヌエル王子の所業は腹に据《す》えかねたのか、真面目《まじめ》な兄にしては珍しく、警告もなしにいきなり殴ったとバルトから聞いていた。

それでアニアが自分を恐れているのではないかと心配だったのか。

文武両道で真面目で通っている優秀な兄があの小柄《こがら》で元気な伯爵令嬢に振り回されているのはなにやら痛快に思えてきた。

アニアの方は全く別次元のことで悩んでいた様子で、見事にすれ違っているのが興味深い。アニアの書く恋愛小説とは真逆に二人して甘い要素から離れて行っている。

まあ、この際だからほんの少しくらい助け船を出してあげてもいいだろう。

「おそらく大丈夫でしょう。今朝は落ち着いていましたし、元気に新作が書けたと言っていましたから」

リシャールはそれを聞いて安心したように何度か小さく頷いた。

「……そうか。気にしていないのならそれでいい。で？」

「で？」

「その小説はどこにあるんだ？」

リザは拍子抜けした。立ち直ったと思ったらそれか。

「まだ書き直したいとかで、彼女のところにあります」

「なんだ。そうなのか。続きが気になっていたのだが」

リシャールのあからさまな落胆《らくたん》ぶりにリザの方が戸惑ってしまった。前にも思ったがアニアの小説に対するこの熱中ぶりは何なのだろう。

彼女の小説は色男の貴公子がただ一人の女性に想いを寄せ続けるという恋愛もので、堅物で武人という印象の強い兄が傾倒する理由がわからない。

最初はリザと同じように、あの小説に含まれている彼女が知り得ないはずの二十年以上前の事実と重なる内容に興味を持ったのかと思ったが、どうやらそれだけではないらしい。

「兄上はどうしてそこまであの小説がお好きなのですか？」

問いかけると、リシャールは口元に笑みを浮かべた。

「軟弱《なんじゃく》な趣味に見えるのかもしれないな。ただ、オレの身の回りには恋多き方が多すぎるだろう？　そのせいで辛い思いをする人を見ていると、自分はできれば一人だけを大事にしたいと以前から思っていたんだ。だから、オレにはあの物語の主人公が魅力的に感じられた。自分で運命の相手を見いだして、ひたすらその人への想いを貫《つらぬ》くことができるのだからな」

リザはそれを聞いて納得した。

王侯貴族の結婚は政略的なものがほとんどだ。だから外に愛人を持ったりするのは珍しくない。現にリザの父もそうだし、祖父にも多くの寵姫《ちょうき》がいた。

兄は寵姫や愛人を持つ父を見てきて、正妃である母がないがしろにされていると感じていたのだろう。立場上世継ぎだけでなく万一のために多くの子を求められることもあってのことだが、自分は浮気心で誰かを犠牲にするまいと考えていたのかもしれない。

そして、その理屈で行けば、兄が大事にすべき相手は婚約者に内定しているエマヌエル王子の妹姫だ。相手がまだ幼子であることも関係なく、そうでなくてはならない、と自分に課しているのだろう。

だが、人の心に鎖《くさり》はつけられない。できることなら物語のような恋愛をしたいと思っても兄を責められはしない。

そこまで心を縛《しば》ろうとすることもないのに。リザはそう思いながら兄に問いかけた。

「今からでもお相手はご自分でお探しになればいいのではありませんか？　そもそも兄上の縁談は正式に決まったものではありませんし。義理だてする理由もありませんから」

兄の縁談はリザの婚約と同時にアルディリアが申し出てきたもので、相手がまだ幼いことから内定という形でそれを受け入れただけだ。なのに兄は律儀《りちぎ》に身を慎《つつし》んでいる。

けれどそうなると正妃に世継ぎが生まれるのがかなり先の話になる。

周りはひとまず寵姫を持つべきだとやきもきしているが、兄は誰に言い寄られても周囲のお膳立《ぜんだ》てにも首を縦には振らなかった。

「オレはそこまで器用ではない。内定であっても婚約者がいることには変わりない。だから物語の主人公には及ばなくてもそうありたいと思っている」

リシャールは清々《すがすが》しい表情で微笑《ほほえ》んだ。

「では、アニアが書き上げて持ってきたら連絡しましょう」

「協力してくれるのか？」

「ええ。バルトでも寄越してくだされば。私も兄上にアニアを助けていただいたお礼をせねばと思っていたところでしたから」

あのとき、兄とバルトが間に合って良かったと本当に思った。

たとえ女官たちの制止を振り切ってリザが駆けつけたところで、アニアを助け出せたとは思えない。

自分の力ではあの男をはねのける事もぶん殴ることもできなかったに違いない。むしろ、事態をもっと悪くしていただろう。

だから、少しくらい兄にもいい思いをさせてあげよう。

途端にリシャールは上機嫌になって、仕事の励《はげ》みができたと嬉しそうに言う。

「ところで、兄上。ランド伯爵家の動向にはお気をつけていただけますか」

「ランド伯爵？」

国王の寵姫エディットの父親。二十年前の継承戦争ではユベール二世についたので、その功績で現在も重用されている。

ランド伯の長男は敵対していた第四王子側について戦死している。忠義のために息子を泣く泣く見放したのだと美談として語られている。

ただし、ランド伯にはもう一人息子がいて、そちらは父と供にユベール二世側にいたので、両方にいい顔をして戦局を見ていたのではないか、という噂もあった。

それにエディットが軽率にリザの母の悪口を言い回っている件も問題なのだが、弱い立場の寵姫の言うことだからと返されてはどうにもならない。

何かと立ち回りの上手《うま》い小狡《こずる》い男だとリザは評価していた。都合のいいときは弱者を装い、弱い相手に対しては尊大に振る舞う。

アニアがあまり好意的ではない表情をしていたのも、何か不快な出来事でもあったのだろうか。

「アニアがランド伯のことを気にしているようだったので。どうもエディットの周りの動きも不穏のようですし」

「ああ。バルトから聞いているよ。紫の宝石のことだろう？　宝石屋にカマをかけたら白状した。ランド伯とエディット姫のおかげで最近儲《もう》かっていると。アルディリアとの同盟成立を祝って皆に勧めて回っているのだそうだ」

なるほど。どう考えても詭弁《きべん》だ。

もし、過去の遺恨《いこん》を忘れて隣国と仲良くしようと考えているだけだとしても、よりによって紫の宝石を流行らせるのは不謹慎《ふきんしん》だ。そのことはランド伯爵も知っているはずだ。

「あの男は此度《こたび》の同盟も反対していたから、まだ反アルディリア派なのだろうと思っていたのだが」

「ですが、かつて反アルディリア派の筆頭だった先代クシー伯爵を追放させたのもあの男なのでしょう？」

このあたりのいきさつをアニアは知らないだろう。

当時、アニアの祖父は秘密裡《り》にベアトリス王太后《おうたいごう》を仲介役にしてアルディリアとの停戦協議を行っていた。それをランド伯がアルディリアと密《ひそ》かに通じている裏切り者だと暴《あば》き立てて、あやうく停戦が台無しになるところだった。

……あのときはまだ交渉《こうしょう》していることを表沙汰《おもてざた》にはできなかったので、エドゥアールを追放するしかなかった。というより、あやつのほうから、バシッとクビにしろと言ってきた。まさかあのまま二度と会えなくなるとは考えもしなかった。……すまぬことをしたと思っている。

アニアと会ったあとで、父はリザにそのことを話してくれた。

「あの一件でランド伯は強硬な反アルディリア派だという印象を周りに与えましたが、あの告発のせいで水面下で交渉中のアルディリアに不利な停戦協議が立ち消えになりかねなかった。結局は先代クシー伯爵の方が仕事が速かったので停戦は無事に成立しましたが」

もし、もっと早く告発されていれば、あの戦争はまだ終わっていなかったはずだ。

「なるほど。奴《ヤツ》にはたいした地位も与えていないから政局に影響はないと思っていたけれど、そう考えると目を離すわけにもいかないいな」

調べておこう、といいながらリシャールはリザの肩に手を置いた。

「何かわかったら必ず教えるから、勝手に動かないように。書庫に籠もっているフリをして今までも一人であちこち行っていただろう？　今回は絶対に一人で動いてはだめだ。いくら賢くても自分がか弱い女性であることは忘れてはいけないよ。舞踏会の主役になにかあっては困るからね」

「……わかりました。心がけます」

リザは素直にそう答えた。

本心はともかく、そう答えないと兄のお説教が長引くのを知っていたからだ。

＊　＊　＊

「お嬢様……朝から申し訳ございません」

アニアが言われた場所に行ってみると実家の家令ヤニックがげっそりやつれた様子で待っていた。

また一回り痩《や》せたのではないだろうか。まだ五十になったばかりのはずだが、すっかり存在感を増した白髪や深い皺《しわ》が彼の苦労を語っている。

「いいのよ。お仕事が一段落したところだし。それよりヤニック……何かあったの？　っていうか、大体見当はつくけど……」

「実は……ここ数日、旦那様と奥方様が宝石商を呼びつけてなにやら大きなお買い物を……。他にも若君が賭博《とばく》で大損をしたとかであちこちから催促《さいそく》が来ているのですが」

代々忠実に働いてくれていた家令も、さすがに金策に苦しんでいるようだった。

とはいえ、彼の立場では勝手なこともできないので今まではアニアが手伝ってきた。

今回の王宮仕えで支度金をいただいたから、それを当面の赤字補填《ほてん》に回してきたというのに。

持ってきた帳簿を見せてもらうと、溜め息しか出なかった。

何故たかだか数日でここまで浪費できるのか、アニアには理解できない。穴の空《あ》いた器にはいくら水を注いでも無駄だという実例だろう。

「これじゃ完全に今月も赤字だわ。構わないから、使っていないドレスや宝石は売ってしまいなさい。侍女に聞けば、どのドレスがお気に入りか本人よりも知ってるはずよ。ひとまずは、馬車が故障しているからと言って、なるべく外出させないように。それから今月商業組合からの手数料が入ると思うけど、絶対あの人たちに渡しちゃダメよ」

ヤニックは大きく頷いた。

「心得ております。現金は賭博の元です」

アニアの指示を聞いて少し気持ちを取り直したのか、言葉がしっかりしてきた。

「その意気だわ。あとは……夜会などの招待状は半分くらいうっかり暖炉《だんろ》に放り込んでしまいなさい。手違いで届かなかったってことにすればいいわ」

夜会などの招待を受けたら、彼らはまたドレスを新調するだのと浪費を始めるのできりがない。だって着飾って行かないともう誘ってもらえなくなるもの、とか言われると開いた口が塞《ふさ》がらない。

アニアが咎《とが》めても、領地からの取り立てを増やせばいいじゃないか、などと言うくらいの能天気ぶりだ。そんなことでどうにかなるようなら、誰も苦労しない。

「あなたには迷惑をかけ通しで申し訳ないわ。ヤニック」

「お嬢様……。本当にお嬢様だけが頼りです……」

家令は涙を流しかねない勢いで頭を下げた。それからこそっと声を落とした。

「それから、またランド伯爵閣下《かっか》がお嬢様の縁談を持っていらして」

「……こんどは誰？」

「お調べしたら南部の港町で貿易商をしている成金で、素行《そこう》に大変問題がある方でした。さりげなく旦那様のお耳に入るようにしておきました」

やれやれ。両親はあちこちの伝手《つて》を頼んでアニアの嫁ぎ先を探しているようだった。けれどことごとく難ありな相手ばかりで、足元を見られているのはアニアにもわかる。

この家令が見かねて相手を調べてはさりげなく、こんな相手では家名に傷がつくと進言してくれているので今までは逃《のが》れてきたけれど。

「お嬢様の嫁ぎ先を金があればどこでもいいだのと、大旦那様がご存命であったら、どれほどお怒りになるか」

「大丈夫よ。とりあえず王宮にいる間は縁談はお断りするように言ってあるから」

うちがもう少し裕福なら、この家令の給金を倍にしてもいいくらいだと思っている。あんな甘え放題の両親の面倒を先代からずっと見てくれているのだから。

「……ところで、お祖父《じい》様ってわたしに似ていたの？」

そう問いかけると、家令は大きく頷いた。

「ええ。よく似ておいででしたよ。旦那様の手前、今まで口にしたことはございませんでしたが」

「お祖父様が王宮を下がった理由を知ってる?」

家令は首を横に振った。

「当時父が家令をつとめておりまして、私は所領の方で働いていましたから、詳《くわ》しい事情は存知上げないのですが。私が覚えている限り、当時の大旦那様は穏やかに過ごされていて、満足したご様子でした」

アニアの祖父は王宮を追われたと聞いていた。何か大きな不始末をしたのかと思っていたけれど、国王も王妃も祖父に対して悪い感情を持っているようには見えなかった。

所領を減らされるほどのことをしたのに、満足げだったというのはわけがわからない。

「とりあえず、舞踏会が終わったら一度様子を見に行くからそれまで我慢して。このままではみんなのお給金まで払えなくなってしまうわ」

資産の使い方は両親が決めることで、アニアにはその権利はない。だからといって、このままではクシー家は破産してしまう。底に大穴の開いた樽に水を注いでもどうにもならないのは分かっている。

アニアがこっそり使用人たちに命じてきた節約も、その大穴をちょっとだけ塞《ふさ》ぐくらいのことだろう。

それに、こんなことができるのも自分が嫁がされるまでで、ただの時間稼ぎだ。

家令を門の外まで見送ってから戻ろうとすると、ティムが慌てた様子で駆けつけてきた。

「アニア。ヤニックが来ていたの？　まさかまた縁談を……」

どうやらアニアに客が来ていると聞いて、両親が勝手に縁談をとりつけてきたのかと思ったらしい。

「そうじゃないわ。大丈夫よ。たいしたことじゃないの。いつものことよ」

アニアは大きく息を吸い込んでから、ティムの顔を見上げて笑った。

「ならいいけど……いや、よくないのか」

ティムはアニアの言葉の裏を感じ取ったらしく首を横に振る。

「うちの親は君の家に関わるなって言ってるし、力になれなくてごめんね」

「いいのよ。そもそもうちの両親が失礼なことを言ったせいだもの」

アニアを玉の輿《こし》に乗せようと考え始めた両親は、次男坊で家督《かとく》を継がない男を娘と関わらせるわけにはいかないと、従兄《いとこ》のティムを出入り禁止にした。

当然ティムの実家、バルト子爵家側はこの非礼に怒ってアニアの家との交流を断ってしまった。ことに父の姉であるバルト子爵夫人の怒りは大きく、姉弟の縁を切ると言い放ったくらいだ。

それでもティムはできる範囲でアニアを助けてくれている。

「けど、変なところに嫁がされそうになったら言ってよ。結婚式をぶっ壊してでも攫《さら》っていくからね。本気だよ？　今でも君は僕にとっては大事な妹なんだから」

ティムは真顔になってそう断言した。

アニアに王宮仕えの話を持ってきたのも、縁談を遅らせる目的だったのだろう。娘が王宮に出入りできるとなれば、両親はさらなる良縁があるのではと欲を出すはずだからと。

「ティムにそんな無茶をさせたらご両親に申し訳ないわ。大丈夫。なんとかなるわ」

何一つ確証はないし、選べることは少ない。だけど自分のできる限りのことをしようと思う。それで未来が切り開けるのなら。

仕方ないことなのだと頭のどこかで思っている。それでも諦めるつもりはない。アニアの小説の中の貴公子は何があっても愛する女性を守ろうと追いかけ続ける。彼はアニアの分身だ。あんなふうに自分の理想を譲《ゆず》らずに生きていきたい。

ティムはそれ以上何も言わなかった。ただアニアの気持ちを理解していることを、そっと背中を支えるように添えた手で示してくれた。

＊　＊　＊

アニアがリザの元に戻ってきたのは昼食後だった。面会のあとで女官長に言いつけられた仕事をしてきたと言う。

リシャールと退屈極まりないチェス勝負の後で、稽古事《けいこごと》やら勉強やらと予定が詰まっていて面白くなかったリザは、悪戯心からアニアに問いかけた。

「そういえば、面会というのは、バルトと逢《あ》い引《び》きであったのか?」

彼女は予想外のことを言われたように目を丸くした。動揺というより、虚《きょ》を突かれたというように。

「……いえ、家令が家のことを知らせに来ただけです。ティム……いえ、バルト卿《きょう》とは帰りが一緒になってそこまで送ってもらいました」

「そうか。先ほど作法の稽古中に並んで戻ってくるのが窓から見えたのでな。ちょっとからかっただけだ」

実の兄がいるのに従兄との方が仲がいいというのはなかなか不思議な関係だが、色恋沙汰を含むような関係にも見えない。

まあ、血が繋《つな》がっていることと気が合う度合いは一致《いっち》するわけでもないし、肉親だからこそ争ったりすることもある。

リザの父も腹違いの弟と王位を争った。それでもその弟の実母ベアトリス王太后とは現在も穏やかな関係を保っている。

そうした理屈だけではない人の繋がりというものは、リザにとっては興味深く映《うつ》る。理屈でないのなら、縁とか運命とか呼ばれるものだろうか。

「ところで、何か情報はあったか？」

リザが声を落とすと、アニアはさっと表情を引き締めた。

昨夜の件で判明したのだが、アルディリア一行による女官や侍女への性的な悪ふざけはたびたび起きていて、酒が入るとさらに手癖《てくせ》が悪くなるからと若い侍女は彼らから遠ざけられていたという。

「先ほど東棟《とうとう》の警備の者に会ったのですが、エマヌエル王子殿下はあの一件のあと部屋に籠《こ》もったままだそうですわ。王太子殿下に殴られた顔が腫《は》れ上がって遊び歩くどころではないらしいとか、すでに王宮内で昨夜のことはかなり噂になってしまっているようです」

アニアがそう言いながら、少し申し訳なさそうに唇を引き結ぶ。

リシャールに不名誉な噂が立ってしまったと思っているのかもしれない。

「兄上のことは気にしなくて大丈夫だ。向こうが悪いのだから。兄上は何一つ恥じることはしていないのだからな」

リザはそう言ってアニアを宥《なだ》めた。

……それにしても、今になっても詫《わ》びの一つもないというのはどういう了見なのだ。あのバカ王子は。

婚約者とはいえ、未婚の女性の閨房《けいぼう》に押しかけるという破廉恥《はれんち》な行動に出た王子に対してリザは怒り心頭だった。

だから、舞踏会の席でエマヌエル王子にちょっとした嫌がらせをする計画を立てていた。

名付けてエマヌエル王子調教計画。アニアには顔見知りの兵士たちとともに情報収集と協力者を募《つの》るように頼んでおいた。

「で？　首尾はどうだ？」

リザが問いかけると、アニアは声を潜《ひそ》めて大真面目な顔で頷いた。

「例の件は計画通り進んでいます。協力してくださる方の名簿もお作りいたします」

「わかった。では、そちらの手配は任せよう」

「かしこまりました。……これで少しは懲《こ》りていただけるといいのですけれど」

リザは計画を立ててはいたが、やれドレスの仮縫《かりぬ》いだの、舞踏会の準備だのと身動きが取れない。

だから、アニアが仕事の合間に動いてくれることになっていた。

「最初が肝心《かんじん》だからな。あやつが感心できない男だとわかっただけでも収穫だ。この際だから躾《しつ》けをしなおさねばなるまい」

あんな我慢のない王子をよくまあ国外に出したものだ。むしろ縁談をぶち壊しに来たのかと思えるほどだ。

舞踏会であの男に手を取られて人前で踊らなくてはならないなど、リザには屈辱《くつじょく》としか思えなかった。足に穴が開くぐらい踏みしめてやろうかと思うほどだ。

アニアもただでさえ忙しいのに、リザの心情を察してか協力してくれている。

「もちろんです。ぜひともリザ様にふさわしい殿方になっていただかなくては」

可愛《かわい》らしい言いなりになる姫が嫁いでくるとでも暢気《のんき》に思っているのなら大きな間違いだ。世の中そこまで甘くないことを思い知らせてやろう。

結婚相手が気に入らない相手だとしても、気に入るように変えればいいのだ。最初から完璧《かんぺき》な人間などそうそういるものではないのだから。

「地位を振りかざせば女を言いなりにできるだなどと大きな間違いだ。それを思い知らせてやろう。協力を頼むぞ」

「かしこまりました」

王子たちの所業に腹を立てていた女官たちも計画の協力を引き受けてくれている。その連絡係をアニアに頼んだのだが、予想外に彼女は有能だった。人付き合いが上手いのかもしれない。情報もあちこちで仕入れてくる。

アニアの祖父が優秀な宰相《さいしょう》だったというのも頷ける。

「ところで、アニア。言いにくいのだが今朝《けさ》言っていたそなたの小説はどうなった？　書き直しはできそうか？」

アニアはそれを聞くとさっと顔を強《こわ》ばらせた。

「いえ。まだですけど。何か他にも問題がありましたか？　やっぱり不敬罪になりますか？」

「いや。名前だけなら大丈夫だろう」

リシャールなら登場人物に名前を使われたら、たとえ悪役だろうが不敬罪どころか大喜びしかねないのだが、彼女の従兄との約束もあるのでそれは言わない方がいいだろう。

「ただ、また読むものがなくなりそうなのでな」

リザがそう言うと、アニアは心得たように頷いた。

「わかりました。ではまた書庫から何冊か持ち出してきますわ。じつは女官長様から秘密兵器をいただきましたので」

そう言って持ってきたのは侍女たちが料理などを運ぶのに使っている頑丈《がんじょう》な手押し車。

どうやらアニアにお使いをさせればリザが書庫に戻らないだろうと考えて、女官長が融通《ゆうずう》してくれたらしい。

「これがあればわたしの力でもたくさんの本が一度で運べますからお任せください」

アニアはそう言って微笑む。

「ではまた頼めるか」

そう言って書き付けを渡すと、アニアは意気揚々《ようよう》と出て行った。

リザはそれを見て、彼女の美点は決して自分の苦労を人には見せないことなのだな、と思った。あれだけの本を書庫から探し出して運んでくるのは楽な仕事ではないのに、それを全く気《け》取《ど》らせない。

今までリザに本を持ってくるよう頼まれた者は一冊も探し出せずにおめおめと戻ってきたので、埒《らち》が明かないと自分から書庫に行くようになったあげく、結局住み着いてしまったくらいなのだが。

……いかんな。最近書庫の外のほうが面白くてしかたない。

リザは口元に笑みが浮かんでいるのを自覚した。

今まで楽しくもなんともないと思っていた世界が、たった一人の存在で全く別物になっている。

アニアにはもうすぐ隣国に嫁ぐリザに取り入っても利などない。それどころか家は困窮《こんきゅう》していて苦労しているらしいのに全くそんなそぶりは見せない。

小説の題材になりそうな発見でもあるのか些細《ささい》なことにも興味津々《しんしん》な様子を見ると、物事というのはほんの少しの見方で全く違うのだと思い知る。

毎日楽しそうに宮殿の中でくるくると働いている小さな少女は見ていて微笑ましい。

彼女なら、書物よりも面白い世界をまだまだ見せてくれるだろうか。

5

意気揚々と書庫に向かったアニアは扉を一歩開けて思わず悲鳴を上げそうになった。

書庫の床に人がうつ伏せに倒れている。死体？

けれど、その人物はアニアが入ってきたのに気づいてさっと身を起こした。

「……なんだ、そなたか」

なんだ……って。普通床に転がったりしない。死んでいるのかと一瞬思ってしまった。

アニアは動揺して早鐘を打つ心臓を何とか堪《こら》えて上品に問いかけた。

「何をなさっていらっしゃるのですか？　王太子殿下」

リシャールはいつも通りの無愛想な顔で、全くこちらを見ずに答えた。

「書き物をしていたらその下の隙間に物を落としてしまった。だがオレの手では入らなくて困っていたところだ」

指さした書架《しょか》の一番下の棚板に確かに細い隙間があった。それをのぞき込もうとして床に寝そべっていたらしい。……全く、心臓に悪すぎる。

「わたしの手なら入りそうですから、やってみますわ」

アニアがかがみ込んで手を突っ込むと、ギリギリでその隙間に入り込めた。手探りで硬い感触のものを何とか引っ張り出した。綺麗な細工の入った封蠟用《ふうろうよう》の印璽《いんじ》。確かに王太子の印璽となると落としてそのまま放置していいものではない。

印璽を使うような書き物ってことは、手紙でも書いていたのだろうか。

「……壊れていなければよろしいのですけれど」

そう言いながら両手を添えて差し出すと、リシャールはそれを手にして確かめるように一瞥《いちべつ》した。

「大丈夫のようだ。すまなかった。手が汚れてしまったな」

アニアは手を叩いて埃《ほこり》を落とした。

「このくらいでしたら大丈夫です。それよりも殿下。お召《め》し物が埃だらけですけれど……」

思わずリシャールの袖《そで》についた汚れを叩いたら、相手がすごい勢いでさっと離れた。

「いや。大丈夫だ。それより、何かエリザベトに頼まれてきたのだろう？　自分の仕事に戻ってくれ。こちらを気にする必要はない」

それだけ言うと机に向かって何か書き始める。どうやら書庫で仕事をしていたらしい。

アニアは大げさなくらい避けられたのが腑《ふ》に落ちなかったけれど、邪魔をするわけにはいかないと、自分の作業にとりかかることにした。

そんなに驚くようなことしたかしら？

リザに頼まれた本を探し出しながら、アニアは考え込んだ。

ふと自分の手のひらを見て、気軽に服の埃を叩こうとしたけれど、相手がティムや身内ではなく世継ぎの王子だったと気づいて血の気が引いた。

……もしかしてこちらから気軽に触っちゃいけなかったとか？　そうだったらどうしよう。

でも、何もおっしゃらなかったから、大丈夫……なのかしら？

ああもう、悪役の名前といい、こんな軽率に王族に無礼を働いていたらいつか牢屋《ろうや》に入れられてしまう事態になるのではないだろうか。

もし罪を犯したまま死んだら地獄《じごく》に落ちるのかしら。

「……地獄？」

ふとアニアはその言葉に引っかかりを感じた。

ランド伯が自慢していた趣味の悪い指輪。三つの宝石をあしらったそれを、なんと言っていたか。地獄の三つ首の番犬《セルヴェール》。

私の敵も残らず噛み砕《くだ》いてくれればいいのだがな、と笑っていた。

「……地獄……番犬……。紫……」

アニアは猛然と書架に駆け寄った。おそらくここならそのことを記した本があるはずだ。

ユベール二世に忠誠を誓《ちか》っているのが自慢だったはずだ。それなのに、どうしてあの人はあの指輪を自慢していたのか。あの紫の宝石が王にとって不快なものだと知っているはずなのに。取るに足りない小娘の前だから？　確かにあのときはまだ王宮に上がることが決まっていなかった。だから王の耳に入ることもないと甘く見ていたのかもしれない。

……相手を馬鹿にしていて気が緩《ゆる》んでいたとしたら？　つまりはランド伯爵の本音が含まれている可能性が大きい。

目当ての本を見つけて頁《ページ》をめくっているうちに、アニアの疑念は次第にはっきりと形をとってきた。

「これだわ」

それはガルデーニャの古い神話だ。その昔、三つ首の冥府《めいふ》の番犬を英雄が捕らえて地上に引きずり出した。明るい陽光に驚いて暴れた番犬が吐いた唾液《だえき》から紫色の花が生えてきた。その花の名前は……。

……烏兜《アコニ》。猛毒を持つことで知られるそれは、危険な植物だ。古来暗殺にも使われていたという紫色の花。

まさか、ランド伯は誰かを暗殺しようと狙っている、とか？

三つ首の番犬に殺して欲しい敵って一体誰のことなのか。

彼の娘は国王の寵姫《ちょうき》エディット。王との間にリザと同い年の娘が一人いる。マドレーヌ姫だ。けれど、王妃に王子も王女もいることからエディットの立場はさほど強くない。

ランド伯が孫娘を足がかりに権勢を握りたいなら、まず邪魔なのは王妃とその子供たちだろう。

そして、リザの婚約お披露目《ひろめ》となる舞踏会が目前に迫《せま》っている時にエディットや自分のとりまきに紫の宝石を身につけさせているとなると……。

たとえば、もし今リザになにかあれば？

マドレーヌには王女としての地位はない。けれど王女がいない時期に政略結婚の必要ができた場合、養女という形で庶子を王族に加えた例は過去にもあった。

アルディリアはこの国との同盟関係を望んでいる。だから、リザに万一のことがあっても政略結婚を求めてくるかもしれない。他に年頃の王女がいなければやむなくエディットの娘マドレーヌに王女の身分を与えることにならないだろうか。他に国王の娘はいないのだから。

ただ、問題が一つある。現時点のこの国の典範《てんぱん》では王女に王位継承権はない。たとえそうしてマドレーヌを王女にできたとしても、ランド伯爵の影響力が今以上に強まるとは思えない。

なによりその方法ではリザの代わりにアルディリアにマドレーヌが嫁《とつ》いでしまうのだから、この国での権力の足がかりになるとは言えない。

……それ以上にあの人の権力が増すような要因があるのだろうか。

いくら野心家だからといって、王族に危害を与えては謀叛《むほん》になってしまう。王宮で権勢を誇りたいという野望を持つ程度のランド伯が、そこまで大それたことをするだろうか。何か後ろ盾《だて》がないと……。

だけど、具体的なことは何一つ思いつかない。全部ただの推察《すいさつ》だ。こんなあやふやで確証のないことを誰に話せばいいというの。

ランド伯爵が鳥兜を暗示するようなものを持っていたから、誰かを暗殺しようとしている、なんて。

「……先ほどから何をやっている?」

不意にすぐ近くから声をかけられて、夢中になっていてリシャールの存在を忘れていたことにアニアは気づいた。

アニアがとっさに答えられなかったのを見て、相手は拡げていた本の上に指を滑《すべ》らせた。鳥兜のくだりが描かれている挿絵。これでは本を閉じられない。アニアはどうすればいいのかと考えを巡《めぐ》らせた。

「……アナスタジア。些細《ささい》なことでも話してくれないか。エリザベトに関わることならなおさらだ」

誤魔化そうとしているのがわかったのか真剣な表情でリシャールが問いかけてきた。

鋭い眼差しを向けられても、何故《なぜ》か恐怖を感じなかった。リザへの愛情が感じられたからかもしれない。

アニアは迷った。何の確証もないのにリシャールにランド伯爵の名前を出してしまえば大事になってしまう。

けれど、黙っておくには自分の中で疑念が大きくなりすぎている。これは行きすぎた妄想《もうそう》だ、気のせいだと誰かに言って欲しかった。

この人ならばっさりと切り捨ててくれるだろうか。

アニアは意を決して相手の顔を見上げた。

「……どうか、田舎娘《いなかむすめ》の戯言《たわごと》とお思いくださいませ」

そう前置きして、とある貴族がアニアの家に来て紫の石のついた指輪を自慢していたことを打ち明けた。

「三つの宝石を地獄の番犬になぞらえて自慢していらしたので、他に何か素敵な意味があるのかと思って調べようと……それだけです」

リシャールはそれを聞いてから開いたままの本に目を向ける。

「……それはまたずいぶんと悪趣味な指輪だな。ランド伯の枯れ枝のような指にはさぞや重かろう」

「そうなんです。全然似合っていなくて……あ」

アニアは思わず同意してしまってから口を覆《おお》った。誘導されたのだと気づいたけれどもう遅い。

リシャールの金褐色《きんかっしょく》の目が鋭く細められた。

「そういうことか。なるほど。作業の邪魔をして悪かったな」

リシャールはすっかりアニアに興味を失ったように背を向けると、書類を片付けてさっさと書庫を出て行った。

表情は真剣だった。

……もしかして、王太子殿下もランド伯爵のことを調べていらっしゃるの？　ティムに紫色の宝石の話をしたけれど、それが伝わっているのかしら。

だったら大丈夫なんだろうか。自分があれこれ気をもむよりも、もっと力のある人たちが動いてくれるのなら。きっと憶測《おくそく》ではなくちゃんとした調査をしてもらえるはずだ。

少し心が軽くなったような気がして、アニアは本を手押し車に載せて書庫を後にした。


「おお、戻ってきたか。……何かあったのか？」

本を全部揃《そろ》えてリザの部屋に戻ると、リザは不思議そうにアニアの顔をじっと見つめてきた。おそらくいつもより時間がかかってしまったことに気づいている。

アニアはリシャールに遭遇《そうぐう》してしまったことを打ち明けた。

「そういえば、兄上は最近、執務室にいないことが多いと聞いたような気がする。舞踏会で踊る相手のことであれこれ言われるからな。書庫にいらしたのか」

「あー……そうなんですね。驚きました」

前にもご婦人方がティムに詰め寄っていたのを見かけたことがある。モテる殿方は大変だとアニアは納得した。

そして、書庫で調べたことから気づいたランド伯爵の指輪の意味をリザに説明した。リシャールに話してしまったことも含めて。

リザは目を輝かせた。

「なるほど。確かにその神話の本は読んだことがあるぞ。……鳥兜か。これは面白《おもしろ》くなってきたな」

「……面白いんですか？」

下手《へた》をすれば毒を盛られるかもしれないというのに……この人は怖くないのだろうか。

リザはまったく気にした様子もなく口元に笑みを浮かべている。

「面白いだろう？　仮面の下でこそこそとこちらを嘲《あざわら》っていた奴《ヤツ》らの化けの皮が一枚剝《は》がれたのだからな。それにしても、あやつはわざわざアニアの家に行ってその指輪を見せびらかしたのか。ずいぶんと甘く見られているのだな」

おそらくは両親が伯爵の言葉を無条件に信じているのを見てのことだろう。確かに甘く見られているのかもしれない。

「あのとき、父も母も兄も指輪を褒《ほ》めちぎるだけでした。あの人はそれを見て満足そうに笑っていらしたのです。わたしは地獄の番犬に喩えるなんて嫌な感じだと思ったのですけど、口には出しませんでした」

リザは口元に人差し指を押し当てて、考え込む仕草を見せた。

「ランド伯は先代のクシー伯爵とは何かと張り合っていたが、その息子や孫たちはたいしたことはないと思って満足したのかもしれないな」

「……張り合って……？」

「聞いた話では、立場も歳も似ているから出世などでことあるごとに争っていたようだぞ。もっとも官僚としての才覚では勝てなかったようだが」

ではやはりあの人がアニアの家に親切にしてくれるのはおかしいのではないだろうか。

いや、親切とは言えない。父を賭場《とば》に連れ歩いて散財させたり、派手な夜会やサロンに誘って母にドレスをたびたび新調させていることといい、うっすらと悪意さえ感じる。

アニアの両親はそろって考えの甘い暢気《のんき》な人たちだ。ランド伯を疑いもせずにいい人だと思っている。

そんな彼らをだまして浪費させて、借金まで作らせたのなら、かなりな悪意を持っているのではないだろうか。

「……わたし、何故かあの方のことを好きになれなかったので、自分が人を信じられないほどひねくれているのかと思っていました」

アニアは両親が褒めちぎれば褒めちぎるほど、ランド伯爵に好印象を抱《いだ》けなかった。彼の些細な言動に疑念を抱いてしまったのは、そのせいかもしれない。

「大丈夫だ。私もあの男は好きではない。あやつはよく人を試すような物言いをするのだ。それによって自分の敵になるかどうか見極めたいのだろう」

「……ではあの指輪の件も試しただけでしょうか」

自分の思い過ごしならいいけれど、もしあれがアニアの両親を馬鹿にして、自分の企《たくら》みをちらつかせたのだとしたら。

「それについては兄上が調べているだろう。向こうも疑われているとわかれば、悪巧《わるだく》みもできまい。まあ、もし誰ぞを毒殺するにしても、いつ、誰を狙《ねら》うかによるだろうが」

大丈夫だろうか。アニアのそんな不安を察してか、リザがふわりと微笑《ほほえ》んだ。

確かにあの紫の石が鳥兜を暗示しているからといって、本当に使うかどうかはわからない。そして、誰に使うのかということも。

……わからないことを闇雲《やみくも》に恐れても埒《らち》が明かないけれど……。

「心配してくれたのだな。感謝する。だが私のことは心配無用だ。何より舞踏会ではやらねばならんことがあるからな。あやつに嫌がらせをしてやらねば死んでも死にきれん」

「……そうでしたね」

やらなくてはならないこと。それは、エマヌエル王子調教計画のことだ。

とりあえずランド伯爵のことは引っかかるけれど、現状そこまでしかわからないのだから、リザにとってはそちらの方が重要なのだろう。

「そういえば、アニア。聞きたいことがあるのだが」

リザはアニアが持ってきた本を一冊手に取ると、物のついでのような様子で問いかけてきた。

「お祖父《じい》様の肖像画にあったブローチが結局どうなったのか、そなたは知っているか?」

ブローチ? ジョルジュ四世王の? 誰かに聞いたことがあっただろうか。

けれど、頭の中にふっと迷いなく一つの答えが思い浮かんだ。

「よく覚えていないのですが……ベアトリス様にお返しされたのではないかと……」

「そうか。なるほど。それならいい。もう下がっていいぞ」

正解なのかどうかも答えずに、リザはそれだけを告げてきた。これから本格的に読書を始めるつもりらしく、どっかりと椅子に腰掛けている。

答えが合っているのかどうかは気になるが、リザにとっては貴重な読書の時間なのだから、とそのまま下がろうとして、アニアはふと足を止めた。

「リザ様、教えていただきたいことがあるのですがよろしいでしょうか?」

さっき、書庫で会ったとき、リシャールに不用意に触れてしまった。

けれど、どうしてあんなに身体の大きい強そうな人が、ちょっと触れたくらいで慌てて離れたのかわからなかった。

それを聞いたリザはぷっと吹き出した。

「兄上はあまり人に触られ慣れていないから驚いただけだろう」

「確かに王太子殿下に気安く触れる人はそんなにいませんよね。わたしったらうっかりして……」

どうやら不敬罪ではなさそうだとアニアはほっとした。

「気にしなくていい。大きななりをしてそんな乙女《おとめ》みたいな紛《まぎ》らわしい反応をする方が悪いのだからな」

何が面白かったのか、リザはまだくすくすと笑っている。

「大丈夫だ。兄上にお会いしたら私からも言っておく。もう下がっていいぞ」

「ありがとうございます。ご用がございましたらいつなりとお呼びください」

アニアは一礼してリザの部屋から出た。

広い磨き上げられた廊下を歩きながら、さっきまでの動揺が薄らいだのに気づいた。

リザはアニアがどれほど荒唐無稽《こうとうむけい》なことを言っても聞いてくれる。両親も兄も、あれこれ妄想を膨《ふく》らませてしまうアニアに、そんなつまらないことを考えるより花嫁《はなよめ》修業をしろとしか言わなかったのに。

聞いてくれるだけでも十分嬉しかった。だから、むやみに不安にならなくて済んだのかもしれない。

ここに来なかったら、アニアはありのままの自分を認めてもらえないままどこかに嫁《とつ》がされていたかもしれない。

……それだけでも殿下にいくら感謝しても足りない。

ただ怯《おび》えて心配しているだけじゃだめだ。リザのためにできることを考えよう。

舞踏会は明後日《あさって》だ。

それが過ぎればランド伯が万一リザを狙っていたとしても暗殺の機会は減るだろう。リザは結婚準備に入るし、元々口実がない限り夜会や舞踏会には出ていなかったらしいから、人前に出ることも減る。

自分にできるのはリザの王子調教計画を成功させることだ。

リザの将来のために。少しでも手伝うことができればと思う。

「……とりあえず次回作の悪役は決まったわね」

物語の中だけでもエマヌエル王子とランド伯には痛い目に遭《あ》ってもらおう。

アニアはそう思いながら、自分を落ち着かせるために大きく息を吐いた。


部屋に戻って思いつくままに文字を綴《つづ》っていたアニアはドアの向こうに気配を感じて振り返った。気づいたら外はすっかり夜になっていた。

そこに手紙が落ちているのを見つけて駆け寄った。おそらく扉の下から差し込んだのだろう。

かっちりとした美しい書体で綴られていたのは、たった一文。

『今宵《こよい》あなたと美しい月を見たいのです』

この一文はアニアの小説の中で主人公が言った言葉だ。この言葉の続きは……。

「……『ですから、窓をほんの少し開けていただけませんか？』だったわね」

アニアは部屋の窓をそっと開けた。

見ると、小さな灯りが真下に見えた。

「……え？」

そこに立っていた人物は、アニアを見つけると口元に指を立てて微笑んだ。

……何で国王陛下がそんなところに……。

背後にはティムとリシャールが立っていた。護衛を連れているからいいようなものの。

アニアは慌てて部屋を飛び出した。

「……そなたにちょっと話を聞きたいと思ってな。ただ、私たちがそなたの部屋を訪ねたのでは大事になってしまうから、バルトに頼んだのだ」

国王ユベール二世は、アニアを中庭の薔薇に囲まれた東屋《あずまや》に連れ出した。

リシャールとティムは少し離れて周囲を警戒している。会話に加わるつもりはないようだった。

一体何を訊ねられるのかとアニアは緊張した。国王は穏やかに底の見えない微笑みを浮かべている。

「リザから聞いたのだが、そなたは先王陛下のブローチが王太后《おうたいごう》に渡ったと言っていたそうだな」

そういえば、リザに問われたことを思い出した。

あの時は唐突で戸惑ったけれど、ふっとその答えが頭に浮かんできた。

妃《きさき》なのだから夫の形見を持っていても不思議ではないからと、どこでそれを知ったのか考えずにそのまま答えてしまった。

やはり正解ではなかったのかと思ったアニアに、国王はさらに問いかけてきた。

「それがいつの話なのかも知っているか？」

……いつ？　どうしてそんなことを訊ねられるのだろう。

そもそも、当時生まれていなかった自分が詳《くわ》しく知っていると思われるのもおかしな話だ。

「……二十年前、アルディリアとの終戦直後……」

アニアはうっかりと思ったまま口にして、奇妙な感覚に陥《おちい》った。

頭の中に浮かんできたのはうっすらと靄《もや》のかかった光景だった。

ブローチが隠されていたのは、あの肖像画の間に繋《つな》がっていた隠し部屋だった。

預かった文箱《ふばこ》とあの部屋から持ち出したブローチを抱《かか》えて、用心深く湿った石造りの階段を下っていく。行き先は薄暗い地下牢《ろう》だ。

投獄《とうごく》されていたのは、髪が乱れて質素な服を着せられていてもその物腰もまとう空気も凛《りん》とした美しい貴婦人だった。こちらを見ると穏やかに微笑んで……。

……一体何？　これは本当の出来事じゃないはずだわ。こんなの知らないもの。

そんなところに行ったことはない。それなのに触れた石の壁の湿り気までも感じられて、アニアは戸惑った。

事実のはずがない。これは自分の行きすぎた妄想だと、慌てて誤魔化すようにまくし立てた。

「みたいなことを……誰かに聞いたような気がしたのですが。勘違いでしたでしょうか」

ユベール二世は急に言を翻《ひるがえ》したアニアに困惑した様子で首を横に振る。

「そうか。いや、詮無《せんな》いことを言った。忘れてくれて構わん。そなたがあまりにエドゥアールに似ているので、心配になったのだ」

「心配……ですか？」

祖父に似ていることで酷《ひど》い目には何も遭っていない、と思う。ここに来る前は王宮を追われたと聞いていたから何か言われるかもと覚悟していたけれど、誰も責めるようなことは言わないから拍子抜けしたくらいだ。

「無論、そなたはエドゥアールではない。アナスタジア・ド・クシーという一人の女性だ。だが、エドゥアールを覚えている奴らは何か自分たちの後ろ暗い情報を知っているのではないか、何かを見透かされるのではないかとそなたを警戒するだろう。そなたは若い。自分を守る膂力《りょりょく》も狡猾《こうかつ》な陰謀《いんぼう》や駆け引きの手腕もない。だから心配になった。危険なことに巻き込まれるのではないかと」

「危険……ですか?」

もしかして、国王自身も何かに気づいているのだろうか。自ら変装してアルディリアの王子一行を観察していたし。

「そうだ。だから、あまりそなたは派手に目立たないほうがいい」

「差し支えなければ理由をお聞かせいただけますか?」

アニアは食い下がった。

リザと自分が企てているエマヌエル王子調教計画。目立つなと言われてもあの計画だけはやり遂げたかった。

……あんなに熱心になっているあの方をがっかりさせたくない。

「さっきブローチの話をしたな? あれは先の戦争で第四王子派のシンボルでもあった。当時第四王子側にいた者たちは紫の宝石や衣装を好んで身につけていた。だから奴らを始めほとんどの者は異母弟がアルディリアに亡命したときブローチを持ち去ったと思っている。けれど、実際は、彼は持ち出していないのだ」

「……そうなのですか」

アニアは思わず国王の顔を見つめた。穏やかな微笑みが返ってきた。

「ベアトリス王太后に夫の形見としてお渡ししたのだ。あの戦争において彼女の責を問わぬという証《あかし》として。私がエドゥアールに指示した。だから、そなたの答えは正しい。だが、それを知っている者は限られる」

国王がリシャールに目を向けると彼は小さく首を横に振った。

「あやつも知らないはずだ。私は誰にも話してはおらぬからな。……だが、それをそなたは言い当ててのけた。それを危ういと思うのだ」

「……ただの思いつきですわ……」

アニアも誰かにそれを聞かされた記憶はなかった。ブローチのことも初めて耳にしたのはリザとの探検の時だ。やはりあれはただの妄想だったのだ。

「話を戻すが、今でも第四王子はブローチを手に入れようとしているはずだ。ベアトリス王太后にも探りを入れているだろう。いずれ華々《はなばな》しく帰国するときに自らの正統性を主張するために」

「……帰国……なさるのですか？」

今更戻ってきてもすでにその人の地位は王位継承者の一人でしかないのに。王太子も立てられているのだから、彼が王に就く可能性は低い。

「それは本人次第だろうが、今でも私を王にふさわしくないと思っている者はいるだろう。第四王子があの形見のブローチを身につけて王座に就く夢を見ている輩《やから》は、まだ存在している。

そやつらは第四王子をアルディリアに追いやったエドゥアールのことを忘れてはいない。二十年前から時が止まっているのだ」

もうこの方が即位して二十年以上経《た》っているのに、そのようなことを言う人たちがいるとはアニアには驚きでしかなかった。そうした人たちには祖父に似たアニアが目障《めざわ》りに思えるのかもしれない。

二十年前王位を争った異母弟、ルイ・シャルル王子はまだ十五歳かそこらだったはずだ。それほど人を惹きつけるような才能の持ち主だったのか、それとも後ろ盾になっていたアルディリアの力をあてにしていたのか。

そしてその人が王位を取り戻すために先代国王のブローチを利用しようとしている。

それでは、ランド伯爵が流行《はや》らせている紫色の石はもっと悪い意味を持ってはいないだろうか。

……謀叛《むほん》を企《たくら》むと表明しているようなものではないの？

「そなたも知っているだろう。今また同じ事をしている者がいるようだ。だから、あのアルディリアの一行を迎え入れることで奴らが何か行動を起こすのかと疑っていた。それを確かめるためにリザとエマヌエル殿下の面会を非公式の場ではなく舞踏会にしたのだ。誰がどのような行動を起こすか、そこで判明するだろう」

では、最初から舞踏会で何かが起こるかもしれないと考えていたというのだろうか。

リザと婚約者の顔合わせだけでは済まないのだと。

……謀叛とか王位争いが絡むとなると、自分たちの計画など児戯《じぎ》のようなものだろう。むしろ邪魔になってしまうだろうか。

困惑したアニアの両手を、国王は包むように捕まえて、真っ直《す》ぐにこちらを見つめてきた。

「もちろん、ことが起こらないのが一番いいのだ。私もリシャールもそれを防ぐために動いている。だから、そなたは陰でリザのことを守って欲しい。それと……」

真剣な眼差《まなざ》しで見つめられて、何を言われるのかと構えたアニアに、国王は問いかけてきた。

「リザの計画とやらの全貌《ぜんぼう》を教えてくれないだろうか」

どうやらリザの調教計画を聞きつけてしまったらしい。もしかしたらアニアだけを呼び出したのはそれが目的だったのかもしれない。けれど、アニアの主人はリザだ。そこに迷いはなかった。

「それは……殿下のお許しがないとダメです」

「そうか。なかなかそなたも難攻不落だな」

がっかりした様子の国王の背後で、堪えきれない様子でティムが吹き出していた。

「バルトよ、そなたは幼なじみなのだろう。どうにかならんのか？」

情けない表情の国王にティムは困ったようにちらりとアニアを見た。

「畏《おそ》れながら、王女殿下にそこまで忠義を貫《つらぬ》く者がいれば逆に安心ではないでしょうか」

国王はすねたように口を尖《とが》らせる。

「それもそうだが……何度言ってもちっとも教えてくれないんだぞ。隠されると余計に知りたいじゃないか。娘に隠し事をされる父親の気持ちがそなたにはわからんのか」

なんだか父親というより駄々っ子のような言い分に、アニアは唖然《あぜん》とした。

「未熟者で申し訳ありません」

ティムはそう言って頭を下げた。子供どころか妻も迎えていないティムにそんなことを言われても、ということだろう。

さすがにティムがこんなことで矢面に立つのは気の毒な気がしてきたので、リザがすでに計画を公表している部分くらいなら構わないだろうと、アニアは顔を上げた。

「では、一部だけなら。すでに何人かにお話ししていることですので……」

そして、それを聞いた男たちは途方に暮れたような表情で顔を見合わせた。

「……なかなか容赦《ようしゃ》ないな……」

思ったより衝撃が強かったのか、それ以上の追及は諦《あきら》めてくれたようなのでアニアはほっとした。

東屋からゆっくりと歩いて室内に戻ると、国王はふわりと柔らかい微笑みを浮かべた。

「すまなかったな、呼びつけて。もう下がっていい。リシャールとバルトは彼女を部屋まで送ってくれ」

国王はそう言って自室に通じる階段をすたすたと上っていった。

さっきから一言も話さず、無愛想に立っていただけのリシャールはちらりとアニアを見た。

「私も先に戻らせてもらう。仕事ものこっているし、送るのならば私よりバルトが適任だろう」

「殿下？」

「どうも私は彼女を怖がらせてしまうことばかりしているからな。目の前で手荒なまねもしてしまったし」

もしかして、この人はアニアの目の前でエマヌエル王子を殴ったことをずっと気にしていたのだろうか。書庫で会ったときもアニアが埃を叩こうとしただけで逃げるように距離を取ったりしていたけれど……。

……まあ、普通の貴族のご婦人ならいきなり殴るなどなんて乱暴な、ってくらいは思ったかもしれない。けれどアニアが接してきた領民たちの中には荒くれ者もいたので全く気にしていなかった。

むしろもっと殴ってくれても構わないくらいの心境だった。

……リシャールのことも、最初は確かに怖い人だと思ったけれど、理由があるとわかれば前ほど怖いとは思わない。

だからアニアは努めて明るい表情でリシャールに答えた。

「手荒だなんて。むしろ胸のすく思いでしたわ。というより、わたしでしたら余分にもう何回か殴っていたかもしれませんし。あれほどまで自分に腕力が足りないことが悔《くや》しかったことはありませんわ」

思わず拳《こぶし》を握って殴るそぶりをするとティムが隣でぷっと吹き出した。ぎょっとした顔でこちらを見ていたリシャールも、つられたように柔らかく笑った。

「そうか。ならばよかった」

笑うんだ。この人の笑顔を見たのは初めてだ。

この人だって人間なのだから、ずっと堅苦《かたくる》しい表情のままってことはないだろうけれど。

自分に対しても笑みを見せてくれるとは思わなかった。

「……だが、仕事があるのは本当だ。バルト、後は頼んだ」

そう言うと背を向けて行ってしまった。

「え？　殿下、本当にいらっしゃらないんですか？」

ティムが焦《あせ》った様子で声をかけたが、大きな背中はそのまま遠ざかっていく。残されたティムは溜め息をついた。

「どうしたの？　殿下に何かご用があったのなら、わたしは一人で戻れるから大丈夫よ？」

「……いや、もういいんだ」

残念そうに額を押さえてティムが呟いた。一体何なのかと思ったけれど、仕事のことだったらと思ってアニアはそれ以上詮索《せんさく》しなかった。

「それにしても……びっくりしたよ。いきなり陛下が君を内緒で呼び出せないかと言うから。てっきり別の意味でのことかと」

ティムは複雑そうな表情でアニアを見た。

「別の意味って？」

「側《そば》にお取り立てなさるのかと……」

「ありえないでしょう、そんなの」

それに、そういう意味で呼び出したいならティムやリシャールを同席させない。むしろ他の者を使うだろう。

「陛下はわたしのこと、お祖父様に似てるから興味がおありなだけだわ」

どうして二十年も前に王宮を去った部下の孫娘をあれほど心配して下さるのか。むしろその方が不思議なくらいだ。

「ところで、アニア。舞踏会で誰と踊るか決めた？」

いきなりそう問いかけられて、アニアは考えもしていなかったので素直に答えた。

「いいえ。わたしは別に踊らなくていいでしょう？」

そもそもリザの側に控《ひか》えていなくてはならないし、彼女の計画の手伝いをしなくてはならないのだから、踊る余裕なんてない。

「……可愛《かわい》い娘が壁の花なんて、叔父《おじ》様と叔母《おば》様が泣きだしてしまいそうだなあ……」

そういえば、リザの配慮なのかアニアの両親と兄も舞踏会の招待客名簿に載っていた。

有望そうな殿方と踊りなさいとか言われそうだから、なるべく会わないようにしたい。

「だったら、もし空《あ》いていたら一曲くらい予約してもいい？　せっかくだから小説の中の姫君みたいに舞踏会で踊ってみるのもいいんじゃない？　小説の題材になるんじゃないかなあ」

そう言われると、確かに一度は経験してみたいと思えてくる。

彼ならアニアの踊りの技量を知っているから安心だし。緊張もしないだろう。

「……じゃあ、本当に空いていたらお願いするわ。ティムだって誰かに誘われるでしょうし」

アニアが答えると、ティムは小さく微笑んだ。

「大丈夫。君のために空けておくよ」

ふとティムが何かを思い出した様子で真面目《まじめ》な顔になった。

「ただし、舞踏会が終わるまで何があるかわからないから、一人であれこれ暗躍《あんやく》しちゃダメだからね。君ときたら想像力と好奇心だけは有り余るほど持ち合わせてるから、ホントに心配だよ。君はしっかりしてるけど、力でどうこうしてくる相手に勝てるほど強くないんだからね」

ティムはそう言いながら悩んでいる様子で眉《まゆ》を寄せた。

「……まあ、僕が言っても君はやっちゃうんだろうなあ……心配だなあ……」

「失礼ね。自分の実力くらいわかってるわ。無理なことはしないわよ」

「そうしてくれるとありがたいね。それじゃ僕はここで」

扉の前でティムは足を止めた。そして、あっさりと振り向くことなく去って行った。

……それにしても、ティムにしても国王陛下にしてもどうしてわたしが何かとんでもない事をするかのように言うのかしら。そこまで無分別なことはしていないつもりなのに。

これはきっと祖父の行いがよほど悪かったのではないか、と疑いたくなったアニアだった。

6

舞踏会を翌日に控《ひか》えて、アニアはリザの計画の打ち合わせと、舞踏会の準備にと王宮内を慌ただしく移動していた。

侍女や侍従たちも忙しそうに働いている。

普段の宮廷舞踏会ならこれほど大事にはならないらしい。

今回はリザの婚約者お披露目《ひろめ》ということから、くれぐれも双方《そうほう》に粗相のないようにと警備もかなり厳重《げんじゅう》に行われるのだとか。

途中で顔見知りの衛兵に会うと、絶対に用意した名簿以外の随員《ずいいん》を入れるなとか、出入りの楽団員まで全員きちんと確認するようにとか言われてるんですよ、とぼやいていた。

警備が厳《きび》しいのはアルディリア側だけでなく国内の貴族たちの動きにも警戒を強めているということだろう。

……明日一日、何事もなければいい。

アニアはそう思いながらも気持ちが落ち着かなかった。小さな棘《とげ》が刺さったような違和感が抜けきれなくて、一人になるといろいろと考えてしまう。

リザは心配いらないと言ってくれた。それでも、隣国との関係を左右する彼女の立場の重さは、逆に狙《ねら》われる理由になる。ランド伯爵以外にも彼女に危害を及《およ》ぼす者がいるかもしれない。

……こんな時は自分の妄想癖《もうそうへき》が恨《うら》めしいわ。悪いことばっかり考えてしまうのだもの。

自分の考えが大きく外れてくれればいい。ランド伯爵は気に入らないけど、毒で誰かを暗殺するなど、勘違いであってほしい。

いっそ妄想する余裕がないくらい忙しい方がいい。

会場となる大広間の点検と下見をしてからやっと昼食時間と休憩《きゅうけい》を与えられたので、アニアは庭に出て薔薇の植え込みを眺めながら歩くことにした。

……今日は不審な庭師さんはいないようだし。

さすがに国王に妙な変装をしてうろうろされたら、警護の人たちや侍従の気が休まらないだろう。

薔薇でも眺めて気持ちを落ち着かせよう、と散策しているうちに誰かの話し声が耳に入ってきた。

男性の声だ。早口だがアルディリア語のようだと気づいてアニアは足を止めた。

立ち聞きする形になっても悪いかと思ったけれど、生《い》け垣《がき》の隙間から見えた姿はアルディリアの長身の武官と、もう一人は少し小柄《こがら》な男。

あの武官は国王陛下が観察なさっていた男だ。

前の戦争から疎遠《そえん》になっていたためオルタンシアではアルディリア語が話せる人は少なくなっている。外交の場では共通語とされるラウルス語が使われるので、ことさらに学ぶ必要もなくなっていた。

アニアも幼い頃に知識として学んだ程度……のはずだったけれど、彼らのやりとりが聞き取れて驚いた。

『……まだそれでは足りないな。思ったよりも少ないではないか』

『どうやら警備の配置転換があったようで。手筈《てはず》が狂いました』

『まあいい。今回は第二段階まで行ければいい。まずはソニア姫が女王として立つことが重要なのだ』

……ソニア？　女王？

アニアが戸惑っていると、会話が途切れた。

「誰だ？」

見つかった？

同時にアニアの頭の真上を木の間からいきなり剣先がかすめてきた。

……危ないじゃない。いきなり何するのよ。背が高かったら首を斬《き》られてるわ。

向こうはここにいる者の背丈《せたけ》がここまで低いと思わなかったのだろう。

植え込みの向こうから近づいてくる気配。アニアはとっさにスカートに提げていた小物入れの中身を地面にぶちまけた。

それをかがみ込んでせっせと拾い上げているそぶりをすると、会話の主だった二人のアルディリア風の服を着た男が歩いてきた。

「そこで何をしていた？」

「申し訳ございません。いきなり剣が飛び出してきたけえ、うっかり巾着を落として《お て え て》しまいました」

わざと訛《なま》りを強調すると、男たちはアニアの洗練されていない様子を見てほっとしたようだった。

長身の男が穏やかに笑みを浮かべて話しかけてきた。

歳格好は三十代半《なか》ばくらいか。栗色《くりいろ》の髪と、赤みがかったアルディリア人特有の肌色。いかにも武人という体格だ。腰には細剣を下げている。

「……失礼した。驚かせて申し訳ない。曲者《くせもの》かと思って剣を抜いてしまった。お怪我はありませんか」

……この人の共通語にはアルディリア訛りがないのね。

それにこうやって近くで見ると、男の顔立ちに見覚えがあるような気がした。

誰かに似ているだろうか？　でも、会ったことはないはずだ。

アニアは立ち上がるとドレスについた土埃を叩いた。

「いいえ、わたしもお城に上がったばかりで、つい薔薇を見とうなって……」

「そうでしたか。確かにこちらの薔薇は見事ですね。お気持ちはわかります」

男はにこやかにそう言ってアニアを観察しているようだった。

『ただの田舎娘《いなかむすめ》か』

男がアルディリア語でぽつりと呟いた。アニアは首を傾《かし》げた。

「お二人は外国からのお客様ですか？　そりゃあ、とんだ失礼を。どうかお許しを」

焦《あせ》ったそぶりで何度も頭を下げた。

もう一人の男が何か耳打ちしている。内容は聞き取れないが、問題ないだろう、とか言っているように見えた。

「……大丈夫ですよ、お嬢さん。私はマルティン・バルガス。こちらに滞在しているアルディリアの王子殿下付き武官です。私どもも勘違いしてしまって申し訳ない。あなたにお怪我がなくて良かった。……そろそろお仕事に戻らなくてはならないのでは？」

バルガス。ではこの男がリザの言っていたアルディリア宰相《さいしょう》の息子なのか。

そして……国王陛下もこの男を密かに観察していた。

アニアは内心の動揺を押し隠して深々と一礼した。

「ああ。そうでした。早《はよ》う戻《もど》らないと。失礼いたします」

そう言ってその場から去ろうとすると、不意に男が問いかけてきた。

「ところで、あなたはアルディリアにいらしたことは？」

「……いいえ？　一歩も国から出たことはございません」

「そうですか。どこかでお目にかかったような気がしたのだが……」

男はそう言ってから、苦笑いした。

「いや、申し訳ない。おそらく気のせいだろう」

普通にそんなことをいきなり言われたら、口説《くど》かれているのかと思いそうだが、アニアはそれを聞いて背筋が寒くなった。

……わたしだけじゃなくて、向こうもわたしに見覚えがあるって……どういうこと？

男たちの前から離れると、アニアはその言葉を頭の中で繰り返した。

ずっと領地で育ったアニアにはアルディリア人の知り合いはいない。

ただの社交辞令……と思っていいんだろうか。


夜、アニアがリザの部屋に立ち寄ると、リザは机の上になにやら本を拡げていた。

「……おお、アニアか」

……やっぱりか。

女官長から明日は朝から身支度で忙しいから、リザが夜更かししないように注意しておいてほしいと言われたのだ。

けれど、リザは昼間あれこれと用事で振り回されていたので、今日は本を読む暇《ひま》がなかったはずだ。だからおそらくこの時間に読書をしているだろうと予想していたら……大当たりだ。

失礼な喩《たと》えだけれど、これはもう酒飲みがお酒が切れると落ち着きがなくなるのと同じかもしれない。

「あまり夜更かしをなさいますと、明日に障ります」

「大丈夫だ。私は徹夜した次の日でも一度覚えたことは忘れないぞ」

「いえ……その、お化粧のノリとか美容的な話で」

「どうせ会うのはほとんど身内と顔見知りの諸侯《しょこう》どもとアルディリアのバカではないか。気を使うこともないであろう」

……宮廷舞踏会をそんな普段の会合みたいに……。

なんとなく気づいていたけれど、リザは儚《はかな》げな白百合《しらゆり》のような容姿とは正反対に問題を力業で片付けようとする考え方の持ち主だ。豪胆《ごうたん》というか、勇ましいというか。

リザはふと思いついたように本から顔を上げた。

「それに、もしうっかり眠そうなところを見られても、『あなた様にお会いできると思うと、昨夜は緊張して眠れませんでした』とかしおらしく言ってみればいいだろう？」

それはアニアの小説の中に出てきた姫君の台詞《セリフ》だ。声音まで甘えるような響きが混じってい

て完璧《かんぺき》に再現している。

「どうだ？　なかなかであろう？」

「完璧ですわ」

思わずリザと顔を見合わせて笑ってしまった。

確かに可憐《かれん》な人形のようなリザがそう言えば大概《たいがい》の男はだまされてしまうだろう。実際は夜《よ》更《ふ》けまで解剖学《かいぼうがく》の本を読みふけっていたとしても。

「いや、アニアの本は勉強になるな」

リザは悪戯《いたずら》っぽく微笑《ほほえ》む。

しかし……お手本になるんだろうか。自分の本はあくまで妄想の産物なのだ。

「ところで明日の支度《したく》は進んでいるか？」

リザの言う支度が舞踏会そのものを指しているわけではないことを察して、アニアは頷いた。

「こちらで流した噂《うわさ》はかなり広まっているようですので、大丈夫でしょう」

まず、エマヌエル王子が花街に入り浸《びた》っていることと、女官や侍女に下品な言葉を向けたりちょっかいを出していたこと、そして、酒に酔《よ》ってリザの居室に忍び込もうとしたうえに女官に手をだそうとしたことを派手に喧伝《けんでん》させた。

本来ならそうした噂があっても、リザの嫁《とつ》ぐ相手という遠慮《えんりょ》があればおおっぴらにならないが、今回はエディット派の女官や侍女も利用した。彼女たちはリザへのやっかみもあるから、噂に尾ひれをつけて言いふらしてくれているらしい。

これでエマヌエル王子と積極的にお近づきになりたいと思う貴婦人の数はかなり減るだろう。舞踏会の目的はリザと王子の顔合わせなので、最初の一曲はリザと踊ることになっているが、おそらくその後は誰からも遠巻きにされて踊る相手に不自由することだろう。

手持ち無沙汰《ぶさた》になった王子が酒をあおるのは想像に難《かた》くない。もともと酒の誘惑に負けやすい人物らしい。

王子に酒などを給仕するのはアルディリア側の随員《ずいいん》の役目だ。こちらの用意した酒を口にすることはない。けれど彼らの信用に足る酒屋もさほど数がないので、調達する店もある程度見当がつく。

だから彼らの買い付けた酒をうっかり度数の高いものにするよう酒屋に手回ししている。

王子は酒癖《さけぐせ》が悪い。リザの部屋に押し入ろうとした一件でもそうだったが、酔《よ》っぱらって騒いでくれればかなり印象は悪くなる。

衛兵たちに探りを入れた結果、王子はさほど酒に強いわけではないらしい。

割と軽いお酒でできあがるような安上がりな方ですよ、と笑われていた。

そして、酒が入ると気が大きくなるのか、何かと問題を起こしているらしい。

あまりに酷《ひど》ければ随員たちが部屋に下がらせるかもしれない。異国の舞踏会の席で騒ぎを起こしたりしたら、いくら王子とはいえ印象は最悪だ。アルディリアの体面を潰したことで、さすがに王子も反省して態度を改めることになるだろう。

そもそもリザと王子の婚約はアルディリアにとって国同士の同盟もかかっている。破談にしたくないのは向こうの方だ。だから、失態を繰り返せばその負い目でリザに対して大きな態度で出られなくなるはずだ。

国王に話したのはこのあたりまでだ。

「早いうちに酔い潰《つぶ》れて退席してくれれば一番面倒がないのだがな」

もし退席するほど酔い潰れなかった場合はもう一つの作戦を発動する。

予定では半《なか》ばあたりにさしかかると速い調子の曲が始まる。

舞踏会には花街の女性たちを招待する予定になっている。彼女たちは学があり、場を華《はな》やかに盛り上げるだけの話術も備えているからだ。

曲調が変わったのを見計らって彼女たちが王子を踊りに誘う。運動すれば酔いが回るのが早くなる。おそらくそれで潰れてしまうだろう。

万一それでもまだ会場に居座って踊れる元気があれば最終手段。

……まあ、この先はあんまり使いたくない手だけど、このくらいやらないと痛い目見ないだろうし。

「細工《さいく》の方は？」

「大丈夫です。顔見知りの酒店だったので」

アルディリア側が発注した酒を度数の強いものにすり替えてもらう件はアニアが交渉《こうしょう》してきた。花街との交渉はリザと顔見知りの衛兵たちの中に伝手《つて》がある者がいるらしく、手回しをしてくれたらしい。

「そなたは意外と顔が広いのだな。都に来てまだ半年ほどだと言っていただろう？」

「……そうですね」

アニアが王都内の店に顔が利《き》く理由は簡単だ。

「お恥ずかしいことですが、両親がツケ払いをした後始末とかでたびたびお店に行っていたんです。そうしたら、たまに祖父を知っている人がいて、何かと便宜《べんぎ》を図ってくださるんです」

「……そうか。確かに前クシー伯爵は市場などの整備を行ったから、民にも人気があったのだと聞いている。それにしても、そなたも苦労が絶えないのだな」

リザは少し悩むような仕草をした。アニアが家のことで苦労していると思っているのかもしれない。おそらくはアニアの家の窮状《きゅうじょう》も知っているのかもしれない。

「もし家のことで勤めに支障があるなら、そなたの給金を増やしても構わないのだが……」

リザの申し出にアニアは首を横に振った。

「それはいけません。わたしはまだ見習いのような立場です。何かお役に立てるような功績があるならまだしも、そのようなことをしていただくのは他の方への示しがつきません」

アニアの給金が増えても両親が悔い改めない限り何の解決にもならない。

そんな現状ではリザの温情を汚水《おすい》になげうつようなものだ。そんなことをしてもらうわけにはいかない。

「そなたは欲がないのか？　寵愛《ちょうあい》に驕《おご》って我が儘《まま》放題に振る舞う者もいるのだ。給金を増やすくらいは何でもあるまい。私は友が困っているとわかっていても何もできないのか？」

リザは悪気があって言っているわけではない。それはアニアにもはっきりわかっていた。

確かに王族に気に入られればと両親が期待していたのは、そういう意味のことだろう。

……だけど、大事な人なら、本当に相手が大事なら、それはダメだ。

「どうか、リザ様。わたしのことを友と思ってくださるのなら、他の者と同じように扱《あつか》ってください。そうでないとわたしは心苦しくてあなた様の側《そば》にいるのが辛《つら》くなります」

リザにはアニアの給金を増やしたり、何かの地位を与えるだけの力がある。

けれどその権力を私情で振りかざすことは、彼女の評価に関わる。

誰かを過分に取り立てることで他の者は妬《ねた》み、リザに対して恨《うら》みを抱《いだ》くだろう。

そして、それが積み重なれば、どのような強大な敵意になるかわからない。

だから彼女にはその力をむやみに使わせたくはない。

「わかった。では何か褒美《ほうび》を与えねばならぬときには存分にさせてもらおう。だが……そなたは時々年寄りのようだな」

リザは少し不満げにそう言うと首を傾げる。

「年寄り……？　わたしそんなに老けてますか？」

「いや、顔のことではない。妙に分別のついたことを言うから、年長者と話している気分になるのだ。……父上の言うこともあながち間違っていないかもしれぬな」

「……陛下が？」

「ああ、いや。こちらの話だ。だが、実家のことでも何でも本当に困ったときは言うのだぞ」

陛下が一体何をと思ったけれど、リザが素直に引き下がってくれてアニアはほっとした。

リザは時々頑是《がんぜ》無《な》い一面を覗かせるけれど、人の言葉に聞く耳を持っているのは美徳だと思う。

「実家のことはお気になさらないでください。いずれ嫁いでしまえば実家との関わりも減るでしょう。そうすればいっそ気が楽になります」

アニアの言葉にリザは不満そうに頬を膨《ふく》らませた。彼女はどうやら両親がアニアを金持ちに嫁がせようとしていることも気づいているらしい。

「アニアを金で嫁を取るような下らぬ男にくれてやるくらいなら、私がもらい受けてやるぞ。本当は私の嫁ぎ先まで連れて行きたいのだ。そうすればずっと、そなたの書く小説を読んだり、一緒に話をしたりできるであろう」

「まあ、それは楽しそうですわ」

アニアは想像しただけで楽しそうだと思った。

両親の決めたお金だけは持っている男と暮らすよりずっといい。

たとえ敵国であったアルディリアでも、リザの側にいて何か役に立てるのなら行きたいとさえ思う。おそらくクシー家の者である自分はアルディリアからは好意的に思われないだろうが。

アルディリア……。そういえば。

「リザ様、それで思い出したのですけれど。アルディリアのソニア様とはどのような方なのですか？」

「ソニア……？　ソニア王女か。あのバカ王子の姉で、今病床にある国王の摂政《せっしょう》を務めている。どうかしたのか？」

「その……」

アニアがアルディリア人たちの会話を聞いてしまったことを打ち明けると、リザががばりと椅子から立ち上がった。

「……ソニア様が女王に……？　そう言ったのか？　王子の随員が？」

リザの動揺《どうよう》した様子に、アニアは驚いてしまった。

「アルディリアは我が国とちがい、王女にも王位継承権が与えられている。あのバカ王子が生まれるまではソニア王女は王位継承権第一位だった。非常に優秀で聡明《そうめい》な方だと聞いている」

「……生まれるまでは？」

「王位継承権は男子優先とされているからだ。だからバカ王子が死ねば、ソニア王女が繰り上がって即位する。アルディリア国内ではそれを望む勢力もあるという。……人が足りないから、第二段階で止める、と言ったのだな？　ということは、少なくとも第二段階とやらまで、実行するつもりだということか」

「……一体何を？」

リザは即答した。

「王子の随員にソニア王女の信望者が混じっているのだぞ？　おそらく奴《ヤツ》らが狙《ねら》っているのは、あのバカ王子の命だ」

まさか。彼らは自国の王子を暗殺しようとしているのか。

＊　＊　＊

アルディリア王は長く男子に恵まれなかった。だから、長女であるソニア王女を王太子とするべく育てた。ところがその矢先にエマヌエル王子が誕生、ソニア王女は次期国王ではなくなった。

エマヌエル王子は優秀な姉とずっと比べられ、見劣《みおと》りすると言われ続けていた。国内にもソニア王女を即位させるべきだという声があるという。

「……暗殺……ですか？」

アニアはリザの言葉に衝撃を受けたのかそう呟いて、顔を強《こわ》ばらせた。

「それにしても、さすがだな。そなたがアルディリア語が堪能《たんのう》とは知らなかった」

彼女の祖父エドゥアールの時代はまだアルディリアとの国交があったが、今はアルディリア語を積極的に学ぶ者は少なくなっている。彼らの密談の内容が聞き取れたというのなら、アニアの語学力はかなりのものではないだろうか。

「いえ、それほどでは。以前に基礎だけ囓《かじ》った程度です。それなのに内容が頭に入ってくるので驚きました。少しでも勉強していて良かったと思います」

謙遜《けんそん》というより本人も不思議に思っているような表情だ。リザはそれを見て複雑な気分になった。

アニアの言動を見たリザの父ユベール二世は、アニアの中にエドゥアールが隠れているに違いないと騒いでいた。父はアニアに祖父の面影《おもかげ》を見いだして、単に重ねて見ているだけかとも思ったが。

……父上の説を突拍子《とっぴょうし》がないと笑えなくなってきたぞ。

そう思いながらも、リザは話を続けた。

「アルディリアは南のガルデーニャとの戦争を控え、我が国と今事を構えるつもりはないはずだ。同盟関係が欲しいのは嘘ではないだろう。なのに、王子が国外に出るという状況でソニア王女派を随員にするだろうか。おそらく、王子の随員たちはこの国で王子を亡き者にするつもりなのだ。我が国の一部貴族が騒ぎを起こしてそれに巻き込まれたとでも言うのだろう」

リザはそう言って口元に拳《こぶし》を当てて、さらに考えを巡《めぐ》らせた。

アニアがアルディリア語を解するのも意外だったが、おかげで予想外の情報が入ってきた。エマヌエル王子の随員の中にソニア王女の即位を望む者がいる。それだけで怪しい。

彼らの狙いが不満を抱いている貴族たちを焚《た》きつけて、この国の内政を揺さぶることだけかと考えていたが、どうやらそれだけではなかったらしい。

アルディリアの王位継承問題は複雑なのだとは聞き知っていた。王は病床にあってもまだエマヌエル王子を王位継承者に指名していない。優秀な王女を即位させたいという願いがあるのではないか、と言っていた。

このまま王が身罷《みまか》れば、エマヌエル王子が即位することになる。宰相バルガスは優秀な官僚として名高いことから、エマヌエル王子を傀儡《かいらい》として利用するつもりなのかと読んでいたが。

……ソニア王女の即位などと口にしていたのがバルガスの息子本人だというのなら、バルガス宰相もソニア王女派についたということか。

王子を暗殺してこの国に責任を被《かぶ》せれば、ソニア王女自身には弟殺しの汚名《おめい》がつかないと考えてのことなのかもしれないが、迷惑な話だ。

「そんな。リザ様との縁談はあちらから求めて来たのではないのですか？」

アニアはさすがに信じられなかったらしく、戸惑った様子だった。

「たとえ私と王子の縁談が流れても、兄上とアルディリア王女との婚約が残る。こちらに負い目を持たせて、王子の死を不幸な事故で片付ければ、アルディリアは我が国との同盟関係を優位にできるし、優秀な王女が即位して国も安泰《あんたい》だ」

やはり、アルディリアは油断ならない国だ。しおらしく同盟を求めて来たのかと思えば、あくまで自分に有利なように小細工を仕掛けてくる。

そこでアニアがぽつりと問いかけてきた。

「では……ランド伯爵は？」

紫の宝石を自分の周りの貴族に勧めているというランド伯爵。おそらくアルディリアにそそのかされでもしたのだろう。あの男は強硬な反アルディリア派だと思われていたが、声高にそう叫ぶほど、胡散臭《うさんくさ》さがつきまとっていた。

自分の娘を国王の寵姫《ちょうき》にしたのに、自分は要職を手に入れることができなかった。その不満があったのか。おそらく舞踏会で何か仕掛けてくるだろう。

「ランド伯爵はアルディリアと何らかの密約があるのだろう。そうでもなければあのようにあからさまに謀叛《むほん》と疑われるような行動はしない。……奴らから目を離すわけにはいかないが、そればかりに気を取られるわけにはいかないということだ」

彼らが動くのはエマヌエル王子暗殺が行われる時だろう。

リザの父も兄も、すでにランド伯爵の動きには気づいている。ランド伯爵側の手勢が少ないのは警備を厳しくした結果だろう。

紫の宝石はこの国の者には二十年前の戦争を思い出させる。あんなものをあからさまに身につけていれば疑ってくれと言っているようなものだ。だから、そちらを警戒させてその裏でアルディリア側は王子を暗殺しようとしている。

そうなると是《ぜ》が非でも国境を越えるまでエマヌエル王子に生きていてもらうしかない。

「まずは明日の作戦を変更しよう。あのバカ王子でもこの国で死なれると面倒だ」

「リザ様？」

「無論このことは父上や兄上には報告するつもりだ。だが、時間がない。だから最悪の事態も想定して、最低限のことは我らでやるしかない。バカ王子暗殺を阻止《そし》するのだ」

アルディリアの都合で、この国に謀叛を起こさせるわけにはいかない。

それに乗せられる程度の考えの浅い貴族たちも問題だが、それは後でどうとでもできる。

不本意だが、エマヌエル王子調教計画は、王子保護計画に変更するしかない。

「けれど……危ないのではありませんか？」

アニアはためらっている様子だった。気丈《きじょう》な彼女にしたら珍しい反応だった。もしかしたらリザに危ない真似をさせるなと誰かに言われたのかもしれない。

確かに危険がないわけではない。王子暗殺を妨害《ぼうがい》すれば、アルディリア側が追い詰められて何を仕掛けてくるかわからない。

それでも、せっかく宮殿の皆が準備してくれた舞踏会でくだらない企《たくら》みをされるのも面白《おもしろ》くない。

「もしや、一人で危ないことをするなどでも言われたのか？　実は私もだ」

リザはアニアの肩に手を置いた。そんなことをアニアに吹き込みそうな人間には心あたりがある。それでも、彼女自身が納得していないなら説得はたやすい。

「だが、私たち二人ならば一人ではないのだから、構わんだろう？」

「……確かに。ってそれは詭弁《きべん》ではないのですか？」

どう考えてもへりくつ以外の何でもないリザの言葉にアニアが目を丸くした。

「詭弁だろうがなんだろうが、将来の夫君の危機だ。助けてやらねばなるまい。存分に恩を売ってやろうではないか」

リザが強い口調でそう言い放つと、アニアも覚悟を決めたのか大きく頷いた。

「わかりました。お手伝いいたします。何なりとお申し付けください」

「では、まずはこのことを内密に兄上に知らせねばならん。会場警備の指揮をとっているのは兄上だからな。それにはそなたの力がぜひとも必要だ」

そう言ってその内容を説明すると、アニアは大きく首を傾げて困惑していた。

7

夜の闇《やみ》が降りてきても宮殿の周りにはいくつもの灯《あか》りが輝いていた。

王宮に続く道には舞踏会の招待客を乗せた馬車の行列ができていた。

楽士たちによって美しい音楽が奏《かな》でられる大広間には、大勢の招待客たちが続々と集まって談笑している。

久しぶりにエリザベト王女が人前に現れることや、その婚約者であるアルディリア王子も招かれていることなど、目新しい話題があるためか人々は楽しげに会話に興じているようだった。

アニアは控《ひか》えの間でリザのドレスの着付けに立ち会っていた。着付けの仕上げに余念のない女官長は、裾飾《すそかざ》りのレースをもう少し目立たせるべきだとか、白粉《おしろい》はもう少し控えめでいいとか、あれこれと指示を飛ばしていた。

アニアは言われるままに動いていたが、頭の中はごちゃごちゃで、集中できない。

考えることが多すぎて、何を最優先しなければならないかわからなくなりそうだ。

主役である王族は最後に入場することになっている。やっと女官長が満足して部屋を出て行くと、リザはうんざりした様子で持ち込んできた本を拡げた。それから、ふとアニアを見て首を傾《かし》げた。

「アニア、そのように怖い顔をしていると、せっかくの化粧も台無しだぞ。緊張するのはわかるが、少しは肩の力をぬくといい。大丈夫だ。いくら大勢客が来ると言っても、書庫の本の数よりは遙《はる》かに少ないのだからな」

「……そういう問題でしょうか……」

人を書物より面白《おもしろ》いかどうかで推《お》し量《はか》るリザにしてみれば、今夜の客などたいしたことはないのだろうか。

そう言われてしまうと気抜けして、素直に笑みを取り戻すことができた気がした。

……緊張というより、何が起きるのかという不安が顔に出ていたのかもしれない。

今夜はリザの晴れの席なのに。無粋《ぶすい》にも何かを企《たくら》む人々がいる。それを止めなくてはならないのだから。

リザは、アルディリア人たちは王子を暗殺して、さらにオルタンシア側に警備の不手際などで責任を負わせるつもりなのではないか、と考えていた。

「まずは王子を暗殺してソニア姫を即位させるのが第一の目的、ついでに我が国の内政を混乱させて弱体化させるのが第二の目的だ。だから、ランド伯爵を始めとする不満を抱《かか》えている貴族を裏で扇動《せんどう》したのだ。舞踏会で騒ぎを起こしてこの縁談をぶち壊せと。最終的には謀叛《むほん》を起こさせるつもりだったのかもしれない。人数が足りないというのは、奴《ヤツ》らの手駒《てごま》になる貴族たちや兵士の数のことだろう。思ったより協力者が少ないから謀叛の成功は難しいという意味だ」

味方になる人数が足りないから、王子暗殺だけで済ませるということなのか。

「……謀叛が起こせないのなら、ランド伯爵は何もしないということでしょうか？」

「さあな。奴らはランド伯爵たちの起こす騒ぎに乗じて暗殺を行うつもりだ。謀叛ほど大げさでなくても何か仕掛けてくるだろう。奴らが何を見返りに伯爵を煽ったのかは知らぬが、暗殺が表沙汰《おもてざた》になればその責任は騒ぎを起こした伯爵たちが被《かぶ》ることになる」

「……王太子殿下は気づいてくださったでしょうか」

秘密裡《り》に彼らの企みを王太子に知らせるために、リザは奇妙な申し出をしてきた。アニアの小説原稿の間に挟《はさ》み込んでティムに運ばせる、という。

もし王太子の周りにランド伯爵の息がかかった者がいたとしても内容が恋愛小説ならば気を引くこともあるまい。というのがリザの言い分だが。

ティムが忙しくてその原稿を今夜読もうとしなかったら、情報が伝わらないのではないかとアニアは危惧《きぐ》していた。

「あの方法なら、誰に頼むより最速で伝わるはずだ」

リザがあまりに自信たっぷりにそう言うので、アニアは清書したばかりの小説原稿の束《たば》をリザに預けた。

本当に大丈夫だろうか。

とにかく、何があってもリザだけは守らなくては、とアニアはあらためて決意した。


「オルタンシア国王ユベール二世陛下並びにエリザベト王女殿下のおなりでございます」

先触れの声と高らかなラッパの音が響く。

国王がリザの手をとって広間に現れると、人々がさっとそちらに目を向けた。

美しく完璧《かんぺき》に着飾ったリザは国王の隣で真っ直《す》ぐに背筋を伸ばして立っている。

結い上げた金色の髪にティアラが輝いている。布の重なりが複雑で美しい模様を描き出した深紅のドレスは白い肌を際立たせて、胸元を飾る紅玉のネックレスも彼女の脇役でしかない。

その姿はアニアにとっては理想的な姫君そのものだった。

美貌《びぼう》だけじゃない、あの誇《ほこ》り高い眼差《まなざ》しもすべてが理想だ。

アニアは離れた場所からそれを見守りつつ周囲に目配せを忘れなかった。

最初の目的はエマヌエル王子を随員《ずいいん》から引き離すこと。

アルディリア一行のいるあたりに目を向けると、国王の挨拶《あいさつ》が始まったところだというのにエマヌエル王子はすっかり酔《よ》いが回っているようだった。

ちょっと待って、なんでもうお酒飲んでるの。酔うのが早すぎる。あれじゃ最初のダンスもできるのかどうか。

「今宵《こよい》は特別な客人をお迎えしている。我らが隣人アルディィリアのエマヌエル王子殿下がわざわざお越しくださった。殿下、どうかこちらに」

穏やかに国王が手を差し伸べる。このあと、リザに王子が一曲踊ることを申し込んで、婚約がお披露目《ひろめ》とされる段取りだった。

王子は近くまで歩み寄ってきて、リザを見て驚いた様子で一瞬固まった。

どうせ酔っ払うのならリザ様の美しい姿を見た後にしてほしかったわ。

アニアはフラフラとリザの前に立つ王子を見ながら思った。

ふと、アルディィリアの随員の中に、昨日見かけた男のうち、背の高い男がいないことに気づいた。

王子の護衛もしないで何をしてるんだろう。

それに、あの男はリザや国王が気にしていたバルガス宰相《さいしょう》の息子だ。ソニア王女のことを口にしていたのもあの男だ。一番油断してはいけない相手だ。

音楽が変わった。人々がざわめいている。

エマヌエル王子がリザの手をとって人々の前で踊り始めたのだ。

酔っている王子と形通りのステップ以外するつもりのないリザの組み合わせはどうにもぎこ

ちなく映ったが、人々は初々《ういうい》しいお二人だと思ったようだった。

「いろいろと悪い評判もありましたが、なかなかの色男でいらっしゃるようですな。お似合いではありませんか」

「エリザベト殿下もなんて愛らしい。陛下に面差《おもざ》しがよく似ていらっしゃる」

アニアは招待客を見回して、紫色の宝石やドレスを纏《まと》っている者を目で数えた。

エディット妃とランド伯爵のいるあたりには多いが、全体からすれば三割程度だ。

さすがにランド伯に薦《すす》められたにしても、貴族たちの大半は件《くだん》のブローチの話を知っているらしいので、国王本人の目につくところで身につけることは慎《つつし》んだのかもしれない。

そのエディット妃の周りに自分の両親と兄がいるのが見えて、アニアは溜め息をついた。

まったくもうあの人たちは。しかも彼らはそろって紫色の宝飾品を身につけていた。

そして、ランド伯を観察していたアニアはその集団に陰《かげ》から歩み寄って話しかけている男に気づいた。

あの男だ。軍装じゃないから気づかなかった。

マルティン・バルガスと名乗った男はごく普通の礼装で会場に溶け込んでいた。

なんとなく他のアルディリア人と違う気がしたのは、その物腰が不自然に見えなかったからだ。場慣れしている。

他のアルディリア人は声高で早口に話す、居丈高《いたけだか》な印象があった。

……密偵だったらどうするのだ？

国王に言われた言葉を思い出した。もしかしたら、ああいう人が密偵のような役割をしているのかもしれない。

曲が終わりに近づいてきたので、アニアはリザの元へ戻ることにした。

＊　＊　＊

どうやら思ったより早く王子を酔い潰《つぶ》すことができそうだ。

リザは元の席まで戻ってきたところで、相手をじっくり観察した。

王子はどうやら舞踏会が始まる前から酒をあおっていたらしく、たった一曲踊っただけで足元がおぼつかなくなっていた。

アニアに手出しをした腹いせにとわざと足を踏んづけてやったのに、自分が転んだと思い込んでかヘラヘラと笑っているだけだった。

大分酒が回っているようだ。

「いや……お美しい殿下にお相手いただいて舞い上がってしまったようだ」

「ずいぶん酔っていらっしゃるようですね。少し休まれてはいかがですか？」

王子に強い酒を用意させたのはリザの指示だが、それを棚《たな》に上げてしれっと問いかけた。

「しかし、これから来賓《らいひん》に挨拶を……」

そう言いながら勧めた椅子を断るので、リザは側《そば》に控えていたアニアを手招きした。

「ちょうど良かった。エマヌエル殿下がご気分が優《すぐ》れぬ様子なのだ。お休みになれる部屋に案内してさしあげてほしい」

「……かしこまりました」

アニアは目配せして侍従を呼び寄せた。

「いやいや、私が席を外しては……なにしろ主役ですから」

「大丈夫です。皆様にお披露目はしたのですからお役目は十分果たしていただきました。挨拶は私が引き受けましょう。殿下は少し風に当たっていらしてはいかがですか？　お付きの方々にもお伝えしておきますので」

リザはにこやかにそう提案した。

「そうか……申し訳ない。確かにどうも飲み過ぎてしまったようだ」

王子は素直にその申し出を受けた。リザはアニアに頷きかけた。

侍従の手を借りながら王子は静かに会場から出て行った。アニアもそれに続いた。

おそらく気づいた者は少ないだろう。これほど早く主賓がいなくなるとは誰も思わないだろうから。

アニアの機転で何とかアルディリアの随員たちの目から王子を隠してもらう。

できることなら舞踏会が終わるまでそうしてもらいたいが、奴らもそこまで悠長《ゆうちょう》ではないだろう。

最悪の場合、アニアには王子を彼らに引き渡してでもその場を逃げろとは言い含めてある。

「……リザ、アナスタジアは?」

リシャールが周囲を見回しながら問いかけてきた。

次々に挨拶にやってくる招待客に愛想笑いを向けながらリザが説明すると、リシャールはその方がいいだろうな、と呟いた。

「どういうことですか?」

「……すぐにわかる。それから、例のものは受け取った」

兄は口早にそれだけ告げた。ランド伯爵がこちらに向かってくるのが見えたからだろう。

「殿下。このたびは誠《まこと》におめでとうございます」

今日のランド伯の上着が見事な緑色なのを見て、リザはうっかり吹き出しそうになった。

アニアが彼に名付けたという「カマキリおじさん」というあだ名を思い出して。

確かに細身で手足が長いところはそっくりだ。

「ところでお相手の王子殿下は?」

「所用で席を外していらっしゃるだけです。すぐにお戻りになるでしょう」

それを聞いて相手が複雑そうな表情をチラリと見せた。招待客たちはずらりと列を作って今夜の主役と会話を交わしたいと待ち構えている。

ランド伯爵といえど、この場で長々と時間を使うわけにはいかない。

「どうかなさったのですか？」

リザが素知らぬ顔で小首を傾げた。すると、伯爵はぱっと表情を明るくした。

「い、いえ。殿下が今宵はますますお美しくいらっしゃるので見とれておりました。夫君になられるエマヌエル殿下がうらやましいですな」

わざとらしいほどの変化に、リザは相手の意図を察して身構えた。

アルディリア人たちがいつの間にか姿を消している。どうやら王子の不在に気づいて動き出したらしい。

アニアの方は首尾良く運んでくれるだろうか。

伯爵は散々歯の浮くようなお世辞を並べ立てると、さりげなく給仕に手招きした。

「実はお祝いにクシー伯爵家領特産のワインをお持ちしたので、皆に振る舞っているところなのですが、よろしければ殿下にも……と」

「クシー伯爵家か」

ランド伯爵の隣にいた薄気味悪いほどの白粉を叩《はた》いた男女三名がにこやかに歩み出た。

「クシー伯爵にございます。こちらは妻と息子で。殿下には我が娘がお世話になっております。変わり者の娘でお恥ずかしいのですが……」

「いえ、彼女はよく働いてくれています」

そう答えると三人は媚《こ》びるような笑みを浮かべて頷いた。

どうやら彼らがアニアの両親と兄らしい。揃いも揃って享楽的《きょうらくてき》貴族の典型、という印象だ。不摂生《ふせっせい》な生活が表情の緩《ゆる》みや目つきに現れている。

……何をどうやったらというほど似ていないな。アニアだけは領地でずっと暮らしていたと言うが、そのせいだろうか。

リザはそこまで考えてから、リシャールの言葉を思い出した。

しまった。どうやらランド伯爵はここまで見越していたらしい。

「よろしかったら殿下、ワインを」

そう言いながらクシー伯爵がグラスを差し出してきた。身につけている紫色の宝石が瞬《またた》いて、リザに警告してきたように見えた。

そして、グラスを手にしたときのランド伯爵の表情を見て、リザは確信した。

烏兜《アコニ》か。

そうか。こやつは私を殺したいのだな。ことあるごとに自分の孫娘と比較される目障《めざわ》りな王女だと思っていたのだろう。

ランド伯爵の役割はこの舞踏会で騒ぎを起こすことだ。それもこの場で収拾が付かなくなるほどの。確かに今夜の主役であるリザに何かあれば大騒ぎだ。

おそらくはアニアの身内相手なら信用してグラスを手にすると考えたのか。

だから、リザに仕《つか》えていたアニアには必要以上に関わってこなかったのか。

アニアは知らないだろうが、鳥兜の毒は過去にも度々《たびたび》王族の死の際にその名前が囁かれてきた。

この国で紫の宝石が忌《い》まれる理由は件のブローチのことだけではなく、その色が鳥兜を連想させるからだ。

リザの父には二人の兄がいた。けれど、些細《ささい》な怪我のあとで容体が急変して次々に亡くなった。父もまた馬が暴れて落馬したことがある。立て続けに起きたその出来事に毒が使われたのではないかと噂《うわさ》された。

……鳥兜は証拠をみつけにくい上に、即効性で解毒《げどく》が難しい。

ランド伯爵は今グラスには触れていない。だから言い逃《のが》れはできると言いたいのか。

クシー伯爵夫妻は何の悪気もためらいもなく楽しげにこちらを見つめている。アニアは自分の家族のことをある意味無邪気で欲望に素直だと評していた。

……おそらく彼らは何も知らされていないな。

今このグラスに毒が入っていると告発すれば、アニアの家族全員を実行犯として捕縛《ほばく》することになる。

そこまでしてクシー伯爵家に泥《どろ》を塗《ぬ》りたいのか。

少し離れたところにいるリシャールと目が合った。険《けわ》しい表情で重々しく頷いている。もはや全員捕縛もやむを得ない、と言いたげだ。そんなことをさせるものか、とリザは目線を外した。

ならば、白状させればいい。

この場で毒のことを知っている者が犯人なのだから。

「まあ、なんという綺麗な赤でしょう」

リザは手にしたグラスを光に透かすように持ち上げてから、ランド伯爵とクシー伯爵夫妻めがけてその中身を浴びせた。

「うわっ」

「……あら、申し訳ない。手が滑《すべ》りました」

隣にいたリシャールが複雑な表情になる。リザはあくまで穏やかに笑みを浮かべた。

「染みが残ってしまうとたいへんですわ。……それに」

慌てて服を拭《ふ》いている相手ににこやかに告げた。

「毒の中には皮膚《ひふ》に触れただけで効果があったりするものもあるそうですから。もしそのようなものが混じっていたら大変なことになりますわね」

それを聞いたランド伯爵が悲鳴を上げた。慌てて手袋を脱いで染みのついた上着を脱ごうともがく。

「誰か、早く身体を洗い流さねば……」

烏兜の毒は経皮や粘膜吸収もされる。だが、手袋をしているし豪奢《ごうしゃ》な厚手の服の上からでは直接肌に触れてはいないだろう。それでも冷静さを失ったランド伯爵にはわかっていないようだ。

クシー伯爵夫妻はランド伯爵の取り乱し方に驚いたようで、リザとランド伯爵を見比べて困惑した表情をしている。

リザは冷ややかにそれを観察してから、リシャールに目配せした。

「早くしろ。身体を拭かねば……毒が……」

「あら。本当にこのグラスに毒が入っていましたの？　それは大変ですこと」

リザは冷淡に告げた。

「……やはり紫の宝石はそういう意味か」

重々しくリシャールが口を開いた。

その場にいたランド伯爵やその取り巻きたちの表情が凍りついた。ぽかんとしているクシー伯爵一行とは対照的だ。

「ランド伯爵、その話を詳しくお聞かせ願おうか」

リシャールが警備の兵たちに命令した。

「ランド伯爵と紫色の宝石を身につけている者を全員別室に。抵抗するなら捕縛せよ。謀叛の疑いがある」

突然警備兵たちが駆け込んできてその場が緊張した空気に包まれた。

「兄上」

リザはリシャールに声をかけた。アニアの方はどうなったのか、それが気がかりだった。

リシャールは兵士たちに命令しながら、リザの肩に大きな手を置いた。

「わかっている。すでに手配ずみだ。彼女には、まだ話の続きを書いてもらわねばならんからな」

柔らかな表情でそれだけ伝えると、また厳《きび》しい表情に戻ってリシャールは離れていった。

＊　＊　＊

エマヌエル王子の暗殺云々《うんぬん》についてはアルディリアの内政問題にすぎない。

だが、それがこの国の王宮で行われるとなると話は違ってくる。

王子をこの国の者が殺しただのと難癖《なんくせ》をつけさせないためには、無事にこの国から出て行ってもらうしかない。

……だから、酔い潰すまでの作戦は計画通りだ。そのあとは王子を舞踏会が終わるまで隠し通す。

リザはそうアニアに命じた。

とはいえ、舞踏会の主役だ。いなくなればすぐにアルディリア側は気づくだろう。

何とか無事に終わりますように。

広間から離れた部屋でアニアはその時を待ち構えていた。

侍従の手を借りて王子を別室に運んでもらったが、そのあとさらに別の部屋に移ってきていた。追っ手を誤魔化すためだ。酔ってふらふらな男を小柄《こがら》なアニアが一人で運べるわけがないと思われるだろうから。

本を運ぶための台車があって良かったわ。……それにあの王宮内探検が早速役に立つとは思わなかった。

この部屋に王子を隠していることを知っているのは、リザと昨夜の伝言を受け取ったティムと王太子の三人。

あれからリザはどういう手段なのか真夜中にティムを呼びつけてアニアの小説原稿を手渡した。だけど、ティムはあの原稿にはさんだ伝言をちゃんと見つけてくれただろうか。気づいてくれなかったらそこで終わりだ。

どうにか誰にも見つかりませんように。そう思いながら待つ時間はとても長く感じられた。

長椅子にだらりと伸びたエマヌエル王子に目をやってから、近づいてくる足音に気づいて立ち上がる。

「殿下。狭《せま》い部屋で申し訳ありませんけれど、こちらでしばしお待ちいただけますか？」

小さな声でわかった、というような声が返ってきたのを確認してアニアは立ちあがった。

慎重《しんちょう》に扉を閉めると大きく息を吐いた。

控えめに扉を叩く音が響いていた。

「申し訳ない、エマヌエル殿下はこちらにいらっしゃるだろうか」

アルディリア訛《なま》りのある共通語。あの男じゃない。そして、アニアの味方でもない。

きゅっと口を引き結んだ。

どうやら手当たり次第に探してきたらしい。確かにアニア一人で成人男性を運ぶのではさほど遠くには行けないのは明らかだ。

「どちら様でいらっしゃいますか？」

アニアが扉を開くとその向こうには顔を覆面《ふくめん》で隠した数人の男たちがいた。

背後にある長椅子には王子の上着がかけたままになっている。それを見て彼らは頷き合った。

「そこをどけ、小娘」

「何者です。城内でこのような狼藉《ろうぜき》は……」

止めようとしたアニアを突き飛ばすと、男たちは長椅子に駆け寄って剣を抜いた。

迷いなくそれを振り下ろす。

「え？」

そこで男たちの動きが止まった。長椅子に寝かされていたのはクッションを寄せ集めて掛布を被せたものだった。それに王子の上着をかけてある。アニアが時間稼《かせ》ぎに偽装しておいたものだ。

王子はそこにはいない。それに気づいた男たちはアニアに顔を向けた。

「……殿下はどこだ？」

アニアは彼らの動揺に乗じて扉から逃げだそうとした。けれど、そこへもう一人の男が入ってきて、アニアの手首をあっけなく捕らえる。

「……何があった？　首尾は？」

覆面をつけていない男は室内を一瞥《いちべつ》して状況を理解したらしい。アニアを床に引き倒して短剣をつきつけてきた。

「小娘、殿下をどこに隠した？　お前が殿下を広間から連れ出したのは見ていたぞ」

マルティン・バルガス。やはりこの男が一番危険だ。

だけどここで怯《ひる》むわけにはいかない。

予想はしていたけれど自分の国の王子を殺そうとするなんて。妄想でもそこまでの非道は思いつかない。

人の命をなんだと思っているのかしら。いくらバカ王子だろうとなんだろうと殺されていい

人はいない。

「答えれば危害は加えない。……王子殿下はどこだ？」

そう言ってはいても、多分彼らはアニアを生かしておく気はない。王子を殺せても失敗しても。

リザは万一のときは王子を彼らに渡してでも逃げろと言ってくれた。けれど、それも難しいだろう。

だったら、簡単に居場所を教える義理はないわ。

アニアは相手を睨《にら》みつけた。

『自分の国の王子に剣を向けるような方に教えるつもりはありませんわ。バルガス卿《きょう》』

アニアがアルディリア語で答えると、男は顔色を変えた。

「貴様……言葉を……だましたのか。こざかしい小娘が」

短剣をつきつけたまま、憎悪《ぞうお》の混じった目で睨《にら》んでくる。相手が動揺したのがわかって、アニアは強気に言い返した。

「小娘にだまされたのはそっちでしょう？　わたしを殺してもあなたたちの企みはもうぜーんぶバレてるんだから無駄よ。この国から無事出られるとか思わないでいただきたいわ」

男は顔をゆがめて不快感も露《あら》わにアニアを見据《みす》える。

「……あのとき斬《き》っておくのだったな。その顔を見て、嫌な予感がしたのだ」

「女性の顔にケチをつけるとは罰当《ばちあ》たりな奴だね。それじゃモテないぞ」

急に会話に割り込んできたのんびりした声。それと同時にその声の主《ぬし》が男の腕を掴《つか》んで剣を叩き落とした。

アニアは予想外の人物の登場に驚いてしまった。どうしてこの方がここに。

「……陛……下?」

その呟きに穏やかに頷くと、国王はアニアを助け起こしてくれた。

「全員捕縛せよ。一人も逃がすな」

打って変わって鋭い声で国王ユベール二世が命じると、兵たちが一気に部屋に駆け込んできた。

マルティンは仲間たちが次々に捕らえられたのを見て、諦《あきら》めたように大きく息を吐いた。

「……こんな小娘にしてやられるとはな」

「ただの小娘ではないからね。お前も知っているだろう? その子はエドゥアール・ド・クシーの孫娘だ」

それを聞いた相手がげんなりとした表情になったのを見て、アニアは自分の祖父はこの人に何かやらかしたのかと心配になってしまった。

それに、先ほどからの態度で国王はマルティンのことを前から知っていたように見えた。

……どういうことだろう?

国王はアニアを強い力で傍《かたわ》らに引き寄せると、顔を覗き込んできた。

「すまんな。怪我はないか？　広間でも一騒ぎあったので駆けつけるのが遅れた」

「陛下……？」

リザがアルディリアの随員たちが動き出したら兵を動かすよう要請《ようせい》すると約束してくれていたが、それを国王自ら率《ひき》いてくるとは思わなかった。

「広間って……ランド伯爵が誰かを……」

まさか、リザを毒殺しようとするのではという予想が当たってしまったのかと動揺したアニアに、国王は背中に手を添えてそっと首を横に振った。

「大丈夫だ。誰も死んではおらん。向こうはリシャールが仕切ってくれているから、安心するといい」

そう言って宥《なだ》めるように背中を軽く叩くと、国王ユベール二世はアニアに命じた。

「アナスタジア、そろそろ殿下を彼らに返してやってくれないか？　すでに企みは明らかになった。もう何もできまい」

「……かしこまりました」

アニアは部屋の壁の一部を動かした。何の変哲もない壁が横に動いてそこに空間があらわれた。

実はこの部屋にも隠し部屋が隣接していた。リザと城内探検をしたときに確認していたので、王子を隠すために利用することにした。

エマヌエル王子はいくらか青ざめた顔でそこに立っていた。その部屋からでも会話や状況は理解できたはずだ。

「お……お前たちのせいで、すっかり酔いが醒《さ》めてしまったではないか」

マルティンと乱入してきた男たちを怒りを込めた表情で睨んだ。けれどその言葉は弱気であまり勢いは感じられない。

「変だとは思っていた。私が顔も知らぬ姫と結婚かと言っただけなのに、外遊までお膳立《ぜんだ》てしてくれたからな。だが、殺したいほど邪魔にされているとは思わなかった」

「殿下……」

彼らは気まずい表情で頭を下げた。それを見てから王子はこちらに顔を向けた。

「その……言い訳にしかなりませんが、私は酒の勢いを借りねば人前に出られないような弱い人間です。けれど……私は舞踏会を台無しにするつもりはなかった」

国王はそれを聞いて頷いた。

「そうですな、私も何事もなく終わることを望んでいたのですが、誠に残念です」

リザと王子の婚約で、成立するはずだった両国の同盟。それによって平和がもたらされるのならお互いにとってどれほど幸せなことだっただろうか。

けれど、この騒動でアルディリア側の誠意が疑われることになってしまった。

「それに……その……エリザベト王女殿下に対しても……なんと謝罪すればいいのか」

エマヌエル王子はおどおどと目線が定まらなくていかにも気弱そうに見えた。酒が入ると人が変わってしまうらしい。アニアに迫ってきたときとは別人だ。

そうまでして強気に振る舞わなくてはならなかったのだろうか。

「そちらの女官にも改めて詫《わ》びをしたい。……あのような無礼な真似をしたのに、私を守ろうとしてくれたのだな……。自分が恥ずかしい」

アニアにも頭を下げて、謝罪してくれた。どうやら酔って何をしたのかは覚えているらしい。

何かと優秀な姉と比べられて、世継ぎの王子なのに覇気《はき》がないとかもっと威厳《いげん》をとか周りから言われるので、強気に振る舞いたい時は酒の勢いで取り繕《つくろ》っていたらしい。

アニアはそれを聞いてむしろ気の毒に思った。ありのままの自分を認めてもらえないつらさはアニアも知っていたから。

その上自分の国の人間に殺されそうになるなんて。

「もう……これ以上ご迷惑をかけるわけにはいきません。すぐに出立《しゅったつ》します。帰国次第、王位について姉上と話し合いたい。エリザベト姫との婚約も見直されることになるでしょう。けれど……叶うものなら今後もアルディリア王族の一人として両国の同盟成立を望んでいます。そしてもし、帰り道で私に万一何かあったら、この言葉を姉上に伝えていただきたい」

エマヌエル王子はそう言って随員たちに釘《くぎ》を刺すように目を向けた。

「わかりました。道中の無事をお祈りいたします」

国王はそう言って王子を送り出した。

王子と兵士に拘束された状態の随員たちが部屋を出て行くと、最後に残ったマルティン・バルガスもそれに続きかけて足を止める。そのままアニアに振り向いた。冷ややかな目で吐き捨てるように言葉をたたきつけてきた。

「そうか。あの穴熊エドゥアールの孫娘か。道理で見覚えがあったはずだ」

この人、祖父に会ったことがある？　けれど祖父が亡くなったときこの人はまだ十代だったはずだ。

不意に頭の中をよぎった映像があった。

肖像画で見た先代国王が十四、五歳の少年と庭を散策している。自分はそれを遠目で眺めている。

さっき、国王は彼がアニアの祖父を知っているはずだと言った。当時王宮にいたということは……この人は、まさか。

「……東の若君……？」

国王の手が伸びてきて、アニアの唇を指で塞《ふさ》いだ。

マルティンは愕然《がくぜん》とした顔でアニアと国王を見比べていた。

「この娘は……何なんだ？」

「エドゥアールの孫だと言っただろう？　それ以外の何者でもない。……このまま帰ってくれるのなら、私も事を荒立てるつもりはない。エマヌエル殿下のために国境を越えるまでは監視の兵士をつけるので、今すぐアルディリアに帰ってくれ」

マルティンは拳《こぶし》を握りしめて、国王に憎《にく》しみの混じった目を向けた。

「アルディリアに帰れとおっしゃるか。だが、生かしておいたことをいつか後悔させて差し上げるぞ」

そう捨て台詞を残してマルティンは去って行った。確かにこの人がアニアの予想した人物ならその言葉はあまりに残酷《ざんこく》だ。

ユベール二世はそれを見送ってから、ぽつりと言った。

「まったく。……連絡が遅すぎるぞ。そなたといいリザといい、なぜ事を起こす前にちゃんと言わんのだ。肝《きも》が冷えたぞ。リザは言葉足らずなところがあるが、そなたはちゃんと話してくれても良かったのではないか？　前々からランド伯爵のことを怪しんでいたのだろう？」

「……小娘の妄想《もうそう》だとか言われるのが嫌だったんです」

アニアが正直に答えると、国王は不思議そうな顔をした。

「そなたは意外に自分のことを過小評価しているのだな。そなたの妄想とやらがとりあえずエマヌエル殿下を救ったのだぞ、自信を持ちなさい」

穏やかにそう告げられて、アニアは複雑な気持ちになった。

今までは物語だったり頭の中で思い描くだけだったことが現実と繋《つな》がった。役に立ったと言われると嬉しい気もするが、それでも人の命をこう簡単に奪おうとする人が本当にいるなど思いもしなかった。

「身に余る光栄です。けれど、できることなら現実になって欲しくはない妄想でした」

アニアの言葉に国王はそうだな、と頷いてくれた。

「そろそろ広間に戻らねば。リザが心配しているだろう」

そう言いながら、国王はアニアの手をうやうやしく取った。


広間に戻ると何事もなかったかのように音楽が流れ、人々は会話やダンスに興じていた。ただ、ランド伯爵たちのいた場所がぽっかりと空《あ》いて、誰も寄りつこうとはしない。それを見ないようにしている者たちと、努めて明るく振る舞っている者たちがいて奇妙な緊張感が漂《ただよ》っていた。

そこへ国王がアニアを連れて戻ったものだから、招待客たちはアニアを見てどこのご令嬢かと騒ぎ始めた。

リザがこちらへ駆け寄ってきた。飛びつくような勢いでアニアの両手を握って、金褐《きんかっしょく》色の瞳を輝かせる。

「無事であったのだな、よかった。首尾は?」

「つつがなく」

短く答えると、隣にいた国王がぷっと吹き出した。

「そなたたちは本当に仲がいいのだな。いっそアナスタジアにはずっと王宮にいてもらおうか。リザの婚約も解消となったことだし」

その言葉を聞いて、リザはアニアに抱きついてきた。

「それは重畳《ちょうじょう》。アニアさえよければ、ずっといてくれて構わぬぞ」

リザの真っ直ぐな眼差しに、アニアは胸の奥が熱くなった。

自分の趣味もくだらない妄想も理解してくれる。そして、側にいて欲しいと望んでくれる。そんな得がたい相手に出会えるなんて思わなかった。

ずっとリザと一緒にいられる未来を望んでもいいのだろうか。

……そうじゃない。望むのよ。わたしが望まなければ、何も変わらない。

アニアは不意に目の前が明るくなったような気がした。

やっぱり自分には玉の輿《こし》とか、おとなしい貴族の奥方様なんて向いてない。

両親には悪いけれど、このまま宮仕えを続けさせてもらおう。

それに実家の経済状況も立て直さなければ。今までは自分の言い分は通らないと思っていたけれど、本気で当たれば両親の浪費だって止められるはずだ。

できないとか、無理だとか、決めてかかっていたことだって、何かのきっかけさえあれば変わることだってある。だから。

「……わたしも殿下がそう言ってくださる限りはお側にいたいです」

「大丈夫だ。そなたほど見ていて飽《あ》きぬ人間はいないからな。これからも頼むぞ」

「ありがたき幸せにございます」

アニアは清々《すがすが》しい気持ちではっきりとそう答えた。

「……どうやら話はまとまったようだな」

そこへすっかりのけものにされていた国王が小さく咳払《せきばら》いした。

「そろそろ舞踏会はお開きだ。どうだね？　アナスタジア。私とワルツを一曲」

要領よくアニアの手をとってダンスを申し込む。

アニアは固まってしまった。最後の一曲を踊るとなると意味深だ。まして国王が相手となると誤解されること必定ではないかと。それに万一うっかり足を踏んだりしたらとんでもないことになりそうだ。

さすがにそれは……と思ったところで、ふと、ティムとの約束を思い出した。

バタバタしていてダンスどころではなかったけれど、一曲だけはと約束したのだから。

「……申し訳ありませんが、先約がありますので」

そう答えると、国王はアニアの手にキスをしてあっさりと引き下がってくれた。

「それは残念。ではリザ。最後の一曲はこの父と踊ってくれないか？」

「お受けしましょう。たまには親孝行しなくてはなりませんから」

リザが楽しそうに微笑む。

華《はな》やかなワルツが始まる。手を取って歩み出た国王とリザに人々が沸《わ》き立《た》った。

ティムの姿はどこにも見えなかった。もしかしたら事後処理で忙しいのかもしれない。

それでもアニアはさみしいとは思わなかった。

……やっぱりわたしは見ているだけのほうが楽しいわ。ダンスとか柄《がら》じゃないし。

微笑ましく父娘の腕を組む姿を見ながら口元に笑みが浮かんできた。

「……一曲申し込んでもいいでしょうか？」

不意に背後から声をかけられて、アニアはびくりとした。リシャールが今駆けつけたという様子でそこにいたから。

「王太子殿下……」

アニアが予想外の相手に戸惑っているのがわかったのか、リシャールは居心地が悪そうに礼服の襟《えり》に触れながら歯切れの悪い口調でアニアに告げてきた。

「バルトと約束しているのは知っている。奴が事後処理で手が離せないからと頼まれたのだ。このたびの功労者を壁の花にしておくわけにはいかない。相手に不満はあるだろうが耐えてくれ」

どうやらティムが約束を気にかけていたから、代わりに来てくださったらしい。言い訳めいた口調で付け加えた一言に、アニアは苦笑した。

「不満だなんて。殿下に誘っていただけるなんてたいへん光栄ですわ」

差し出された大きな手にそっと手を添えた。

力強く逞《たくま》しいその手はまるで羽毛のように優しくアニアをエスコートしてくれる。

最初は怖い人だと思った。けれど、アニアを助けてくれたのに、目の前で乱暴なことをしたと反省していたり、それを気にして距離を取ろうとまでしてくれた。

きっとこの人は、何でもそつなくできる優秀な王太子と言われていても、所々不器用なのだろう、とアニアは思った。

それに、こちらが苦手だと思っていたのと同じように、この人もこちらを得体がしれないと身構えていたのかもしれない。きっとティムが事前にあれこれ話していたはずだから。

これからこの人のことも、もっとよく知ることができるだろうか。

「でも、うっかり間違えて足を踏んでしまうかもしれません」

「そのくらいは覚悟している」

リシャールは少し緊張が解けたようにしっかりと頷いた。

「まあ、ご立派な覚悟ですわ」

アニアは自然に笑みがこぼれた。

二人がダンスの列に加わると周囲がざわめいた。招待客たちが自分の方を見ていると気づいてアニアは一瞬足を止めてしまった。

……もしかしてめちゃくちゃ目立ってる？

アニアの戸惑いに気づいてか、大きな手が背中を支えてくれた。

「周りのことは気にしなくていい。書庫の本だとでも思え」

喩《たと》えがリザと同じだ。さすが兄妹だとアニアは微笑んだ。

「……それは楽しそうですわね」

王太子の気遣《きづか》いのおかげで、迷いを断ち切ることができた。何よりここで断る方が失礼だ。踊るしかない。

音楽が始まって踊り始めてからアニアは気づいた。

……この人、ちゃんと合わせてくれてる。相当上手《うま》いんだわ。

体格差が大きくて相手の胸の下くらいしかないアニアに歩幅《ほはば》や腕の高さを揃《そろ》えてくれている。今まで稽古《けいこ》などで踊った相手に振り回されてきたアニアには驚きだった。

相手の技量があればちゃんと踊れるのだとわかると、足も軽やかに動いた。楽しくなって、次第に周りの目も気にならなくなった。

……無骨だけど中身は完璧貴公子っていうのも、素敵かも。

次の小説の題材に使えそうだとあれこれと妄想していたアニアは、ついうっかりと、最後のダンスは大抵本命と踊るのだということを忘れてしまっていた。

＊　＊　＊

華やかなワルツが流れる広間で楽しそうに踊る一組の男女がひときわ注目を集めていた。

リザはそれを横目で見ながらそっとほくそ笑んだ。

……なんだ、思ったよりも似合いではないか。

大人と子供ほど背丈が違う二人だが、お互いに上手く調子を合わせて踊っている。本人たちは意識しているのかどうかはわからないが。

「リシャールと踊るのでは首が疲れそうだな。あれなら私の方がマシだろう」

リザと踊っていた国王がそう言いながらも笑みを浮かべている。

「父上。振られた僻《ひが》みはみっともないですよ」

「僻んでなどおらんぞ」

口を尖《とが》らせる父に、リザは声を落として問いかけた。

「……父上が彼女に踊りを申し込んだということは、クシー家には寛大《かんだい》な処分をしていただけるのですか？」

「まあ、それは後で話そう。悪いようにはせぬ。ただでさえエドゥアールには返しきれない恩があるというのに、アナスタジアにまで助けられたのだからな」

リザはそれを聞いて安堵《あんど》した。彼女の家族に嫌疑がかからないように茶番を仕掛けたが、それでも彼らがランド伯爵に加担したと見なされれば罪《つみ》に問われるかもしれない、と思っていた。何よりそのことをまだアニアに話していない。

自分の家族がリザに毒杯を差し出したなど、彼女にはあまりに酷《こく》なことだと思っていたから。

「……それにしても、リシャールが自分から踊りを申し込むとは意外だな」

「そうですね」

「王太子の意中の令嬢だと、騒ぎになるかもしれぬな」

それを聞いたリザは、苦笑した。

「だといいのですけど。恋愛小説《ロマンス》のように上手くいくかどうかはこれからでしょう」

兄はまだ婚約者に義理だてするつもりだろうし、アニアの方は踊りながら何か考えているようだから、小説のネタになりそうだとか思っているに違いない。

……どちらも器用ではないからな。騒ぎになったら少しは意識するだろうか。

そうなれば面白いだろう。リザはそう思いながら、楽しげな二人にもう一度目を向けた。

8

舞踏会の後の深夜、アニアとリザは国王の執務室に呼ばれた。

居合わせたのは王妃と王太子、それと宰相《さいしょう》と数人の高官たち。

こんなえらい人の中にどうして自分が混じってるのだろうかとアニアは戸惑った。

どうしたらいいのかとリザを見ると、大丈夫だと言わんばかりに力強く手を握ってくれた。

今回の件はアルディリアのソニア王女派の者たちが、王女を即位させるためには邪魔なエマヌエル王子を外遊中に暗殺しようと計画したのが発端《ほったん》だった。そして、ランド伯爵たちをそそのかして騒ぎを起こさせ、その騒ぎに合わせて王子を亡《な》き者にする。これによって王子を殺したのはこの国の人間だと思わせる。

当初の計画ではランド伯爵が味方を集めてこの騒ぎに乗じて謀叛《むほん》を起こすはずだった。

けれど、思ったよりもランド伯爵に賛同する者が少なかったので、王子暗殺を主題に切り替えた。ランド伯爵も形勢が悪いことに気づいてか、舞踏会の主役であるリザ暗殺に狙《ねら》いを変えた。

結局すべては未遂《みすい》に終わったのだが、今回の事件に関わって捕縛《ほばく》された国内貴族と関係者は総勢五十名を超えたという。

ランド伯爵は娘を王の寵姫《ちょうき》として権勢を握るつもりだったが、ままならなかったために不満を抱《かか》えていて、アルディリアの口車にのってしまったと告白した。

その報告を聞きながら、アニアは正直こんな大事《おおごと》になるとは思っていなかったので呆然《ぼうぜん》としてしまった。想像していたはずなのに、現実になると重さがちがう。

「それにしてもエリザベト王女殿下はよくとっさにエマヌエル王子を隠す計画を思いつかれましたな……」

「まあ、物のついでというものだ」

感心する高官たちにリザは曖昧《あいまい》な笑みで誤魔化した。

アニアはその隣で複雑な気分だった。

そりゃ言えないでしょう。エマヌエル王子に対して壮大なイタズラを予定していたとは。

リザとアニアが企《くわだ》てた王子調教計画は最終的に、王子が酔《よ》っても会場から退出しない場合、会場から連れ出して、介抱《かいほう》とみせかけて顔にとんでもない化粧を施《ほどこ》して奇妙な衣装を着せて会場に戻らせるというものだった。その上、その衣装には一ヵ所糸を切るとバラバラになる細工《さいく》をしてあったので……まあ、かなりな恥《はじ》をさらすことになっただろう。

さすがに外国の宮廷舞踏会でそこまでの醜態《しゅうたい》を見せれば当分厳《きび》しく締め付けられるだろう

から……というのが計画の概要《がいよう》だった。

すべてを実行できなかったが、その計画が下地にあったので、アニアがエマヌエル王子を大広間から連れ出すのは簡単だった。

一旦《いったん》、侍従の手を借りて近くの部屋まで行ってから、さらに足元がおぼつかない王子を本を運搬《うんぱん》するための押し車に乗せて離れた部屋に移動して時間を稼《かせ》ぐ。そして、王子をその部屋に隣接した隠し部屋に寝かせて、元の部屋には王子の上着などを置いて偽装した。舞踏会が終わるまでアルディリア人たちに見つからないようしのぐ予定だったが、それでも向こうは執念《しゅうねん》深く追いかけてきた。

今思えばずいぶんと危険なことをしたと思う。

「まあ、エリザベトとそのアナスタジア嬢の機転で上手《うま》くいったのは事実だ」

計画の一端《いったん》を知っていた国王がわざとらしい咳払《せきばら》いをした。

「アルディリアの一行は先ほど出発した。表向きは急遽《きゅうきょ》帰国しなければならない用件ができた、ということにした。他所の国の王位継承に関わるのなどごめんだからな」

国王が皮肉げな笑みを浮かべる。

「エマヌエル殿下は王位継承権を返上するとのことだ。王族ではなくなるからエリザベトとの婚約は解消になる。今回の件でリシャールと末の王女との婚約も見直しを申し入れる。同盟は一旦保留だ」

国王の言葉にリザは母と顔を見合わせてほっとした顔をした。けれど国王は厳しい顔で付け加えた。

「アルディリアは近いうちに現摂政《せっしょう》のソニア姫が王位に就く。非常に優秀な人物だと聞いている。この先油断ならん隣人となることも考えねばならん。まあ、もともと愉快《ゆかい》な隣人ではなかったがな」

「ランド伯爵とその一党の処遇《しょぐう》はいかがなさいますか」

高官たちに問われた国王は難しい表情で顔をしかめる。

「王族の命を狙《ねら》ったということは明らかに謀叛に当たる。アルディリアにそそのかされて自分で考えず安易に謀叛に加担するような者を領主に据《す》えておくわけにはいかぬ。紫色の宝石などを身につけてランド伯爵に賛同を表明していた者も同罪。爵位と領地を没収《ぼっしゅう》する。ただし、身内で今回の件に関わりがない者がいるのなら、その人物に家督《かとく》を継がせるのは認める。これは二十年前と同じ処罰だ」

国王の言葉に高官たちが重々しく頷いた。それから何故《なぜ》か彼らはアニアに目を向ける。

「それで、クシー伯爵家の処遇はいかがなさいますか？」

え？　アニアはそれで思い出した。両親と兄が揃って自慢げに紫色の宝石を身につけていたことを。まさか、一緒に捕まってしまったのだろうか。

「毒の入ったグラスを王女殿下に渡したのは彼らですからな、いくらご令嬢の功績があったとはいえ……」

「え？」

毒をリザに渡したって……それって実行犯じゃないの？　一体どうしてそんな真似を。

アニアが狼狽《うろた》えて言葉を詰まらせると、国王が困ったような顔で書類を手に取った。

「このたびの件が事前に発覚したのは、このクシー伯爵令嬢の功績が大きい。それに、毒入りのワインを持ってきたのは彼らだが、毒の存在を知らなかったのはエリザベトの機転により明らかにされている。ランド伯爵は彼らに実行役をさせて罪《つみ》を被《かぶ》せるつもりだったのだろう。だが、知らなかったとはいえ当主とその妻、そして長男が軽率な行動に走ってしまったことは否定できない」

「父上、それはあまりに……」

リザが抗議しようと声を上げた。それを国王が手で制する。

「最後まで聞いてくれ。まずはランド伯爵から。領地は没収、爵位は剝奪《はくだつ》とする。寵姫エディットは王宮から下がることとする。……ただ、二十年前、前クシー伯爵エドゥアールの罷免《ひめん》のどさくさで領地の半分を勝手に没収して自分のものにしていたことが判明したので、その部分はクシー伯爵家に返還《へんかん》される」

やっぱり領地を減らされたのは間違いだったんだ。しかも宿場街もある豊かな土地を。全部あのカマキリおじさんの仕業《しわざ》だったなんて。

「元々領地の件は一時没収したことにしてすぐに返すように命じていたのだ。この場で言っておくが、エドゥアールには何の落ち度もなかった。国のために汚名《おめい》を自ら被って、『さっさとクビにして、領地も取り上げてしまえばいい』と言ってくれた。今後はあやつの汚名を私の手で晴らしていかねばならん」

祖父を陥《おとし》れて王宮を追われるように仕向けたのはランド伯爵だったのだ。

国王の密命で動いていた祖父は、裏切り者の汚名を着せられて秘密を守るためにそれを受け入れた。自ら領地を没収するように言ったのだから、それが戻ってこなくても抗議しないまま亡くなったのだろう。

ランド伯爵は祖父と張り合っていたとは聞いていたが、祖父を追い落とすだけでは飽《あ》き足らず両親や兄に浪費をするようにそそのかして、そのあげくに王女暗殺の犯人に仕立てようとするなんて……どこまでクシー家を憎《にく》んでいたのだろう。

……その悪意に気づいていたのに何もできなかったわたしにも落ち度はあるんだわ。

アニアは拳《こぶし》を握りしめた。

せっかく領地が戻ってきても、祖父の名誉が回復されても、両親と兄が処罰《しょばつ》されてしまえば、他に家を継ぐ者はいなくなってしまう。

けれど、国王ユベール二世は得意げな笑みをアニアに見せた。

「現クシー伯爵とその長男から爵位並びに相続権を剝奪する。家督については長女アナスタジアに相続を認める。実は先日の会議で他に相続人がいなくなった場合のみ女性にも爵位を認めるという決定をしたばかりでな。自分の先見の明を褒《ほ》めたくなっていたところだ」

自慢げな国王に、リシャールが冷ややかな一言を付け加える。

「父上はアナスタジア嬢を見て、『面白《おもしろ》そうだから彼女に爵位を与えたい』という下心から強引に可決させたようですが。おかげで結果的に女伯爵が立っても法的には問題ありません」

女伯爵。アニアは聞き慣れない言葉に驚いてしまった。一体何が起きたのだろう。

他の貴族たちも次々に処分が決められて、高官たちは後始末のためにそれぞれ出て行った。

リザは国王のクシー伯爵家への処遇に感動した様子だった。

「父上の下心がこれほど役に立つとは素晴らしい」

「いや、その……下心って。もう少し褒めるにも言い方があるであろう。とにかく、アナスタジアはこの国初の女伯爵となるわけだ。期待しておるぞ」

「女伯爵……？」

アニアはその言葉に呆然とした。自分は家督を継ぐことができないから、両親の言いなりに嫁《とつ》がされたり、彼らの作った借金に振り回されるのだと諦《あきら》めていた。

自分が家督を継いで伯爵家を立て直すなど予想もしていなかった。

「両親と兄については今後の行動をそなたが責任を持って管理するように。そして、領地を預かるという自覚も忘れないようにな」

「はい。必ず陛下のご温情にお応えいたします」

アニアは慌てて頭を下げた。

すぐに領民と使用人たちすべてを預かるという重責が頭をかすめた。けれど、今まで自分ができないと思っていたことに関われる。その現実に目の前がぱっと開けたような気がした。

「ということは、わたしが全部資産管理していいんですよね？　両親についてもこれ以上借金しないようにお小遣い制にしてもいいんですよね？」

領地を返してもらえれば収入も増えるから借金返済の目処も立ちそうだ。家令たちの給料もちゃんと払える。アニアの人生初の赤字ではない我が家の帳簿を見られる日が来るのも近いだろう。

アニアの現実的な計算にリシャールが目を丸くして、それから国王に目を向けた。

「……どうやら適任のようですよ。父上」

「そのようだな。さすがにエドゥアールが入っているだけのことはある」

国王はそう言って微笑《ほほえ》んだ。意味がわからなかったアニアが首を傾《かしげ》げると、リザがこっそりと告げた。

「父上がな、アニアの中には先代伯爵が入っていると言い張っていらっしゃるのだ」

「はい？　お祖父様が？」

ユベール二世はぐるりとアニアの周りを一周して、それから腕組みをする。

「ううむ。隠れている場所はなさそうなのだがな。理屈はわからんが東方には生まれ変わり、という言い伝えがあって、死んだ者の記憶が受け継がれることがあるそうだ。ところどころあやつと物言いが似ているのもそのせいかもしれぬな」

アニアはそれを聞いて、ふと思い出した。先代国王のブローチのありかを訊《き》かれた時に、頭の中に見てきたように映《うつ》り込んだ記憶。あれは妄想《もうそう》というには鮮明すぎた。

あれはお祖父様の記憶なのかしら。

けれど、それを口にはしていないのに、どうしてそんな風に思われたのだろう。

「まさかわたし、他に何か粗相をしたのでしょうか？」

思わず問いかけると、ユベール二世とリザが同時に小さく吹き出した。

謀叛の疑いで処分された元ランド伯爵とその取り巻きは王宮から去ることになった。

寵姫エディットとその娘も実家に下がることになった。

「アルディリアからも正式な婚約破棄《はき》の申し出があった。エマヌエル殿下は王位継承権を放棄し、一貴族として第一王女ソニアを補佐することになったそうだ」

執務の合間に娘の顔が見たくなったと訪ねてきた国王がそう話してくれた。

出されたお茶と菓子を堪能《たんのう》しながらくつろいでいて、執務に戻るつもりはまったくなさそうだ。雑談ついでにとあれこれ判明した事実を教えてくれた。

「ランド伯爵の周辺を調べたらいくらでも胡散臭《うさんくさ》い事例が出てきてな。宮廷楽団を自分の息がかかった者と入れ替えようとしていたり、衛兵の警備にあれこれ口出ししたり。まあ、全部無視しろと言っておいたのだが、おそらくアルディリア側が人数が足りないと言っていたのはそのことだろう。奴《ヤツ》らはある程度の手駒《てごま》があの場に送り込めていたら、その場で謀叛を起こすつもりだったのだ」

その正面で膝の上に置いた本を読みながら聞いていたリザが、顔も上げずに問いかけた。

「謀叛といっても、彼らは誰を担《かつ》ぐつもりだったのです？　マドレーヌには王位継承権がありませんから無理がありすぎですし」

「アルディリアに一人いるだろう。王位継承権を放棄していない王族が」

リザが頁《ページ》をめくる手を止めて、国王に目を向けた。答えを促《うなが》すように国王がアニアに目配せする。

「東の若君、ですか？」

国王ユベール二世の腹違いの末弟、ルイ・シャルル王子。東離宮で暮らしていたことからそう呼ばれていた。あの時の国王の反応から、あの男の正体にアニアは気づいていた。

「そうだ。奴らはベアトリス王太后《おうたいごう》の許《もと》に立ち寄って、ブローチを持っているなら引き渡せと言ってきたそうだ。だが、王太后は奴らを門前払いになさったらしい。今更《いまさら》事を荒立ててどうするのかと。あの方は我が子であってもバッサリと切り捨てる猛者《もさ》であられるからな、相手が悪すぎる」

ルイ・シャルルがマルティン・バルガスとして帰国していたことは、今回表沙汰《おもてざた》にはなっていない。リザはそのことを説明されて、腑《ふ》に落ちたという様子で頷いた。

「だからランド伯爵といい、紫の宝石をつけていた一派が堂々としていたのですね。国を追われたとはいえれっきとした王族が自分たちの旗印になっていたのですから」

「まあ、奴らがルイ・シャルルに誑《たぶら》かされたのは今の地位に不満があったのだろう。私は即位してから家名に関係なく仕事のできる人間を重用してきた。ランド伯爵も寵姫の父だということで私腹を肥《こ》やそうとしていたから宰相をやめさせた。私の下では旨《うま》い汁が吸えないと考えたのかもしれない」

ルイ・シャルルはおそらく国内の貴族たちに甘言を囁いてじわじわと取り込んできたのだろう。そして、祖国に舞い戻って颯爽《さっそう》と名乗りを上げるつもりだったのだ。

マルティン・バルガスと名乗っていたあの男が弟だと、国王は気づいていたのだろう。おそらく庭師に化けて観察していたときに。

だが、彼が狙《ねら》っていた謀叛は実現には至らなかった。だからもうアルディリアに帰れと言ったのだ。

「……あの方はまだ王位に未練がおありなのですか」

リザが戸惑ったように呟いた。

「そのようだな。それに、奴の言いぶりではまだ他にも声をかけた者がいるようだったから、この先も何を仕掛けてくるかわからんぞ」

そう言いながらも国王はどこか安堵《あんど》しているようにも見えた。弟が生きていたことを喜んでいるのだろうか。

「父上はそれがわかっていてあの方を逃がしたのですか？」

リザが軽く眉《まゆ》を寄せて問いかけた。国王は口元に笑みを作る。

「甘いと思うか？　だが生かしておいたのはあやつのためではないぞ。私のためだ。私が下らん国王になって民の心が離れていけば、アルディリアにいる奴がすかさず王位を奪いに来るだろう。そう思っていれば私は王として道を踏み外すことはできぬからな」

そう言いながら微笑む国王を見て、アニアはやはりこの人も一見物腰は柔らかいが豪胆《ごうたん》な精神力の持ち主なのだと思った。

「ところで、クシー伯爵殿、家の方は落ち着いたのかね？」

アニアは一瞬自分が呼ばれたのだと気づくのが遅れた。まだその呼び名には慣れていない。

「とりあえず家族には領地に戻ってもらいました。王都には賭博《とばく》やら夜会やらと誘惑が多いので。領地の視察も行うつもりです。……でもまだまだ慣れませんわ」

このたびの一件でアニアは正式に家督を継いだので、以前ほど王宮でずっと過ごすことはできなくなった。両親たちがまた無駄遣《づか》いをしないように監視しつつ、領主の仕事も勉強している。今まで家を継ぐことを考えていなかったので、覚えることばかりだ。

「でもまあ、ティム……マルク伯爵にくらべれば、わたしは楽な方ですわ。自分の育った土地ですから」

ティムは今までの功績で爵位と王都近くに領地を与えられた。王太子の側近としての役職もついたので忙しさは倍増だろう。

それを聞いて国王が何やら愉快そうににやりと笑う。

「マルク伯爵で思い出したが、あやつが度々《たびたび》リザの許を訪れているから、噂《うわさ》になっているぞ。本命はリザなのか女伯爵なのかと」

それを聞いたアニアはリザと顔を見合わせた。

やっと身辺が落ち着いてきたのでアニアの新作小説を製本するべくティムと三人で編集会議をしていたのだけれど、どうやらそれが噂の元らしい。

今回の事件を題材に、舞踏会で暗躍《あんやく》するカマキリに似た悪い貴族を主人公が颯爽と退治するという会心作なのだ。けれど、そんなことをさすがに国王に話す訳にはいかない。

「それは内緒です。父上。それに私たちは彼と逢《あ》い引《び》きをしているわけではありません。いわば同志ですから」

「殿下のおっしゃるとおりです。何もやましいことなどありませんわ。内容は申し上げられませんけれど」

単にあれこれアニアの妄想について話し合っているだけなので、色恋沙汰と誤解されても困る。

そう思ったアニアだったが、国王がなにやら不満げに口を尖《とが》らせた。

「二人して内緒は酷《ひど》いだろう。私をのけ者にする気か？　教えてくれるまで執務に戻らぬぞ」

いや、それ以前にすっかりくつろいでいて戻る気がなかったように見受けられますが。

しかし、そろそろ会議が始まる時間ではないだろうか。

「いいえ、戻っていただきますよ、父上」

扉が開いて長身の男二人が部屋に入ってきた。いつも通りきっちりと身なりを整えた王太子リシャールと、噂の主《ぬし》ティムことマルク伯爵。

「度々こちらに入り浸《びた》っていらっしゃるので、執務の進行が遅れていると臣下《しんか》に泣きつかれるこちらの身になっていただきたい。そもそも何故あなた方は書庫で毎日お茶会をしているんですか」

アニアは呆《あき》れた様子のリシャールに苦笑いで応じるしかなかった。

……確かに、振り出しに戻っちゃってる感がある。

そう。豪奢《ごうしゃ》なテーブルと椅子を並べて、その上に紅茶のセットや菓子まで準備されているが、ここは元々リザが寝泊まりしていた書庫と隣接した続きの間だ。

舞踏会も終わったし婚約も解消になったから存分に本が読めるとばかりに、リザはまた書庫に入り浸るようになった。

けれどまた野生動物のような暮らしに戻られては困る。

そこで、アニアと女官長たちは折衷案《せっちゅうあん》を申し出た。

身だしなみはきちんと整えること、執務や行事を優先すること、そして、夜は部屋に戻ること。徹夜《てつや》お泊まりはダメ絶対。

そのために、この続きの間を改装して姫君の部屋にふさわしいものにした。寝台はまた引きこもる原因になるから入れていない。

ただ書き物用の机は設置してあるので、アニアも仕事の合間にここで小説を書いたりしている。

まあ入り浸ってくる国王はともかく、自分たちは問題行動はしてないのだから責められる筋合いはないとアニアは思う。

「しかたないでしょう。兄上。私は本がない生活は耐えられませんし、アニアは忙しいので度々書庫から本を取りに通わせるわけにはいきませんから」

「今はリザ様は泊まり込みをなさることはありませんし、以前のように身だしなみを怠《おこた》るようなことはなさっていませんし、ご自分のお仕事はきちんとなさっているのですから問題ないと思いますが」

「それにここは執務室に近くて立ち寄りやすいから……」

二人の抗弁に乗っかって国王がそう白状すると、リシャールが眉をつり上げた。背後でティムが笑いを堪《こら》えているらしく、肩をふるわせている。

「とにかく父上は会議に戻ってください」

まだ未練がありそうな国王に厳しく告げると、リシャールは部屋を出て行こうとした。

「兄上。兄上もたまにはお茶を飲みに来てくださって構わないのですよ」

「……そうですわ。よろしければ殿下もぜひ」

リザの誘いにアニアもそう付け加えた。

最初の印象が悪すぎて今もまだリシャールとまともな会話をしたことがない。打ち解けて話せるいい機会だと思ったからで、それ以上の意図はなかったのだが。

リシャールは何故か不機嫌そうに顔をしかめて、わかった、とだけ言って出て行った。

リザは笑いを堪えていたらしく、男性たちが出て行ったとたんに腹を抱えて笑い出した。

「……相変わらず兄上は面白いな」

「え？　ものすごく面白くなさそうな顔をなさってましたけど」

「いいことを教えてやろう、アニア」

リザは金褐《きんかっしょく》色の瞳を輝かせてアニアに顔を寄せて耳打ちしてきた。

「兄上はな、あれで結構乙女《おとめ》のように恥ずかしがり屋なんだ」

「え？　まさか」

あんなに豪胆で強そうでしっかりなさっているのに？

にわかには信じられなくて目を瞠ったアニアに、リザは得意げに頷いた。

「いずれわかる。そなたはこれからも私の側《そば》にいるのだからな」

「……そうですね」

まだまだ自分は知らないことだらけらしい。

……でも、それはきっとこの先に楽しみなことがあるのと同じだわ。

自分の将来は思い通りにはならないだろうと想像していた。お金持ちの男性に嫁がされて気兼ねしながら生きていくのだろうと。

けれど、今は目の前にいくつもの真新しい頁が広がっている。

これから、それを自分で描いていくことができるのだから。

ティモティ・ド・バルトの誤算

Timothée de Barthes no gosan

ティムことティモティ・ド・バルトが初めて従妹《いとこ》と会ったのは十年前、母の実家であるクシー伯爵家の領館を訪れたときのことだった。

当時の当主はほとんど王都で暮らしていて、領地にいるのはわずか六歳の娘だけ。その従妹は祖父にあまりに似ているために、祖父と折り合いが悪かった彼女の父親に疎《うと》まれているという。

どんな子だろう。宰相《さいしょう》を務めていたお祖父《じい》様に似ているなんて。

ティムが見つけた時、アニアことクシー伯爵令嬢アナスタジアは大勢の大人に囲まれて畑を作っていた。白い柔らかそうな頬も綺麗に結ってもらったブルネットの癖《くせ》っ毛《け》も土まみれにして。

「何をしているの?」

ティムの問いに青い大きな瞳を輝かせて彼女は言った。

「塩に強い作物をつくるのよ」

「え?」

確かにクシー領の沿岸部は海から吹き付ける風で塩害を受けて作物ができにくい。

彼女はそれを聞いて、いろんな作物の種苗を取り寄せてこの地方で育ちやすい作物を探そうとしているのだという。

「どうしてそんなことをしようと思ったの？」

「だって沢山作物がとれるようになったら、みんな沢山ご飯が食べられるもの」

土で汚れた小さな手で種を蒔《ま》きながら微笑《ほほえ》む。

……凄《すご》い。この子、面白《おもしろ》い。

ティムはバルト子爵家の次男で兄より目立つなと抑《おさ》えつけられていた。だからずっと男兄弟よりも妹が欲しかった。妹だったらとにかく闇雲《やみくも》に可愛《かわい》がる自信がある。

しかも、親族に年下の女の子は彼女一人しかいないのだ。

攫《さら》って連れ帰っちゃダメかな。うちの子にできないだろうか。だってクシー家の人たちはこの子を一人で放っているんだし。

けれど、領民のために一生懸命畑を作っているのを見ると、とても楽しそうでそんなことはできなかった。


ティムはそれから時間があればクシー領に出向いて従妹に構うようになった。

王宮仕《づか》えを始めてもそれは変わることはなく、実家に帰るより回数が多かった。アニアは訪ねる度《たび》に彼の予想を超えてくるので楽しくて仕方なかったから。

「あそこに扉があるはずなの」

ある日、彼女が指さした家具を動かすと本当に扉があった。使用人たちに訊《たず》ねると先代伯爵の書斎兼書庫の入り口なのだという。どうしてそんなことがわかったのか問うティムに、アニアは首を傾《かし》げた。

「……なんとなく?」

彼女はそれから祖父の書斎に入り浸《びた》るようになった。小さな少女が大きな机に向かっている姿は妙に様《さま》になっていた。まるでその書斎の主《あるじ》であるかのように見えた。

「何を書いているの?」

机に向かって書き物をしているアニアに問いかけると、にこりと笑って答えた。

「かっこいい騎士様がお姫様を助けに行くお話よ」

「えー? それ、僕よりかっこいいの? 聞き捨てならないなー」

読ませてもらった拙《つたな》い文字で書かれたお話にティムは驚いた。

内容は確かに稚拙《ちせつ》なのに、描かれている情景が妙に細かい。王宮の庭の様子や鏡の飾られた回廊《かいろう》など、見たこともないはずの景色なのに。想像だけで書けるものだろうか。

……この子には何か大きな才能がある。もっと広い世界を見せるべきじゃないだろうか。

この家で彼女の才能を生かすことは難しいだろう。彼女の家族は彼女の価値を知らないし、知ろうともしていない。

「アニアは王都に行ってみたくない? かっこいい騎士様がいっぱいいるよ?」

アニアはその問いに即答した。

「王都にはお金を無駄使いさせる悪魔が住んでいるんでしょ？　だから行きたくない」

ティムは思わず吹き出してしまった。確かに王都は華《はな》やかで様々な誘惑が多いのは事実だ。彼女の両親が王都で放蕩《ほうとう》生活をしていることも知っているのだろう。

少しでも王都行きを望むのなら、連れて行っても構わないと思ったのに。

「そうかあ。残念だな。僕は王都にアニアを連れて行きたかったんだけどな」

「だって行く理由がないもの。でも、ティムは悪魔に捕まらないでね？」

可愛い従妹に心配げな表情を向けられて、ティムは大きく頷いた。

この先も彼女が好きなように生きていくために、自分ができることをしようと決意しながら。


だけど……あの時に本当に攫っておけばよかったんだ。

そう後悔したのは半年前のことだった。

＊　＊　＊

「……殿下。私の申し上げたいことはおわかりですよね？」

ティムは決裁の終わった書類を片付けながら静かに問いかけた。

目の前では机の上に両肘《りょうひじ》をついて、その上に額を乗せた形でどんよりとした空気を漂《ただよ》わせている人物がいた。

オルタンシア王国の王太子リシャールは、絶賛落ち込み中だった。

「わかっている。悪いとは思っている」

うちの可愛い従妹にあの態度は何なのですか。彼女は初めての王宮で緊張していたのに。

言いたいことは山ほどあったけれど、予想以上に本人が悩んでいるのでティムは追及しなかった。


ティムは今日を待ち望んでいた。従妹のアニアを王宮に呼び寄せることができたのだ。

半年ほど前から、アニアの両親がやたらとティムの行動に干渉《かんしょう》してくるようになった。その上いきなり出禁にされてしまった。

ティムはすぐに事情を調べ上げた。クシー伯爵家は借金がかさんでいて、彼女の両親は娘を金持ちに嫁《とつ》がせようと思いついたのだ。

だから家も継げない貴族の次男坊などが彼女の側《そば》をうろついていては困るということか。

ずっと領地に放置して、自分たちは王都で浪費をくりかえしておいて。

……今さら金のために彼女を利用するのか。

ティムは彼女をもっと早く家族から切り離すべきだったと後悔した。

けれど、可愛い従妹をこのまま金があるだけの男に嫁がせるものか。

そこでティムは王宮に勤め口を紹介してもらおうと思いついた。

リシャールに相談したら、エリザベト王女付きの女官に取り立ててもらえることになった。

彼女の両親もあわよくば玉の輿《こし》にと欲を出してアニアの王宮仕えをすんなりと認めてくれた。

ただの時間稼ぎかもしれないけれど、彼女が女官として出世すればそれを理由にそのまま王宮に残ることもできるだろう。

そのためにも王太子との繋《つな》がりはあった方がいい。

そう思ってティムは彼女をリシャールに引き合わせると、彼は不機嫌に見えるほどの無愛想な口ぶりで、彼女に対応したのだった。

おかげでアニアの王太子への印象は最悪だっただろう。


リシャール王太子は学業優秀、剣術にも秀《ひい》でている。見栄えのする逞《たくま》しい長身と精悍《せいかん》で整った顔立ち。堂々とした態度で次期国王として申し分ないと言われている。そのはずなのに。

本人の弁明によると、緊張しすぎると考えすぎて失敗することがあるのだそうだ。妹のエリザベト王女からは人見知りだと揶揄《やゆ》されているとか。

リシャールはもともとアニアに興味を持っていたはずだ。彼はアニアが趣味で書いている恋愛小説の熱烈な読者だから。その作者として興味があったと言うべきか。

だからいい格好を見せたいのと緊張しているのとで色々と空回りした結果がアレだった……らしい。

そして、現在彼女を怖がらせた嫌われたどうしようと悩んでいる状態だ。

「それで？　あの後彼女を書庫へ連れて行ったのだろう？　エリザベトはどうなった？」

王太子は俯《うつむ》いたまま問いかけてきた。ティムは口元に笑みを浮かべた。

「ええ。それはそれは大活躍だったんですよ」

リシャールが落ち込んでいる間、アニアは初日から結果を出していた。

エリザベト王女は書物が好きすぎて、書庫に住み着いてしまったという少し変わった姫君だ。ついたあだ名が『書庫の姫』。

舞踏会が近づいているのに一向に書庫から出てこなくてドレスの採寸もできていない。

そんな中でアニアはあっさりと王女を書庫から出して採寸に応じさせた。さらには王女を自分の部屋に戻らせることに成功するという快挙（？）を成し遂《と》げたのだ。さすが自慢の従妹だとティムは誇《ほこ》らしくなった。

「……彼女は何か魔法を使ったのか？」

ティムの話を聞いてリシャールは本気で驚いていた。

「王女殿下と気が合ったのでしょう。読書好きということもありますし」

今まで周囲の者たちも王女を書庫から出そうとしていた。けれどティムからすればやり方が甘い。

彼らは決して強く叱《しか》りつけたりしない。その上、王女が書庫での生活に困らないように食事や寝台まで書庫の中に用意させていたのだから。本気で出す気があったのかと疑いたくなる。

エリザベト王女は聡明な女性だ。書庫に住み着いた理由は別に舞踏会をすっぽかすつもりでもなんでもなく、単にそこが知的好奇心を満たせる場所だからだとティムは考えていた。

彼女は自分が政略結婚の駒《こま》だから大事にされていると思っているようだった。甘やかされるとその気持ちはますます強くなるのだろう。だから居心地のいい書庫から出てこないのだ。

もう少し彼女の気持ちを聞いてあげればいいのに、誰一人踏み込もうとしていなかった。

上手《うま》くいったのは別に魔法でもなんでもない。アニアの真っ直《ます》ぐな性格と彼女が書いた小説のおかげで王女の興味が書庫の外に向いただけのことだ。

「そうか。だが言ってあるのだろうな？　エリザベトが嫁ぐまでの仕事だと」

……そう、エリザベト王女殿下はいずれ外国に嫁いでしまう。

アニアにはそのことを告げてある。あまり入れ込みすぎたら辛《つら》くなるだろうから。

「もちろんです。けれど、それでもいい加減な仕事をする子じゃありませんから」

ティムの狙《ねら》いは今の仕事でアニアが認められて、女官として引き続き王宮で働かせてもらえることだ。だから売り込みには余念がない。

リシャールはそれに気づいているのかどうか、少し安心したように呟いた。

「そうか。とりあえず上手《うま》くやっているのならそれでいい」

「それで、殿下。早めに誤解を解いたほうがよろしくありませんか？　『貴公子エルウッドの運命』最新話、お読みになりたいんでしょう？」

途端にリシャールが戸惑《とまど》ったように黙り込む。彼がアニアの小説を読んでいることは秘密なので、ティムが禁制品の密売人のようにこっそりと彼に届けている。

「……わかっている」

「また彼女を怖がらせたら、最新話でエルウッドがどうなるかネタばれしますよ？」

「やめてくれ」

恨《うら》みがましい目でリシャールがこちらを睨《にら》んでくるので、ティムは肩をすくめた。

「でもまあ、彼女が殿下はともかく王女殿下と仲良くしていただけているのでとりあえず安心しました」

「……だからオレを引き合いに出すな」

この時、ティムは予想もしていなかった。アニアと王女の気が合いすぎて、城内を探検し始めたりしていたことを。そして、のちに舞踏会を巡《めぐ》る陰謀《いんぼう》に首を突っ込むということも。

近く開かれる舞踏会ではエリザベト王女が婚約者と顔合わせをすることになっていた。正確には、向こうが婚約者の顔が見たいと強引に押しかけてきたからそういう体裁にしただけなのだが。

王女の婚約者はアルディリアの第一王子エマヌエル。彼には非常に優秀な姉がいて、そのせいか王太子として立てられていない。それだけでも人柄《ひとがら》が知れるというものだろう。

今は王宮内に滞在しているが、あまりいい話は伝わってこない。

ただ、名目はともかく舞踏会は未婚の貴族の子息や令嬢たちにとって出会いの場でもある。意中の相手に自分を売り込む機会には違いない。

ただ、それが一点に集中するとさすがに気の毒になる。その実例がティムの目の前にいた。

「……もう今日は誰も通すな。仕事にならん」

先刻、リシャールが不機嫌を隠す気もない口調で侍従たちにそう宣言していた。

ティムは猛然と書類仕事に励《はげ》んでいるリシャールに目を向けた。

このところ彼の所にはうちの娘と一曲お相手をという貴族たちが訪ねてきたり、彼の通る場所のあちこちに待ち構えているご令嬢たちがいて、さすがに疲れているらしい。

それでも彼は誰に対しても公平な態度を保つ。訪問者のせいで遅れた仕事もきちんと片付ける。そういうところは凄いんだよね……。

リシャールは大きく息を吐いて、金褐色《きんかっしょく》の瞳を眇《すが》めた。

「いちいち説明するのも面倒だ。舞踏会で踊るつもりはないと張り紙でもしておくか」

「それでもうちの娘なら必ず気に入っていただける、とか自分に都合がいいように解釈《かいしゃく》する人には通用しませんから。世の中そういう幸せな人が多いんですよ」

「幸せなことだな。羨《うらや》ましい限りだ」

リシャールはそう言いながらもペンを止めない。ティムも決裁が終わった書類を片付けて返《へん》却《きゃく》先《さき》ごとに分類する。本来ティムは護衛が主《おも》な仕事ではあるけれど、リシャールがあまり周りに人を置きたがらないためにこうした書類仕事も手伝っている。

不意にリシャールが独《ひと》り言《ごと》のようにぽつりと告げた。

「……王宮の中で妙な動きがある。貴族たちの動向から目を離さないように指示を」

「わかりました。……あ、私からもよろしいでしょうか」

「何だ？」

ティムが書類を差し出すと、リシャールは眉《まゆ》を寄せる。

「最近紫色の宝石を身につける者が増えているようなのです。一部ですがその名簿です。どうやらランド伯爵とエディット様の取り巻きが中心になっているようで……」

ランド伯爵は現国王の寵姫《ちょうき》エディットの父親である。権力に固執《こしつ》するあまり好感の持てない人物だ。彼が仲間を集めているというのはきな臭《くさ》い。まして紫の宝石は二十年前の王位継承戦争で敗れた第四王子派の象《しょう》徴《ちょう》になっていたので、印象はあまり良くない。

リシャールも同じようなことを考えたのか、顔を上げてティムに目を向けてきた。

「……よく気づいたな」

「実は従妹からの情報なんです」

ティムの言葉にリシャールは目を瞬《しばた》かせる。

「なるほど。いい洞察力《どうさつりょく》だ。オレは装飾品など気にしたこともなかった」

「少しは打ち解ける気になっていただけましたか？」

「……善処《ぜんしょ》する」

律儀《りちぎ》にそう答えるリシャールをティムは微笑ましく思った。


そうしてその夜、ティムが怒り心頭に発する出来事が起きた。

客人として滞在していたエマヌエル王子が勝手に王族の居住区画に入り込んで来たという。すぐに女官たちを通して王妃と王女にそのことを伝えると、ティムは部下を連れて王子を確保するべく向かった。

ちょうどリシャールと合流した時、何やら言い争う声が聞こえてきた。

それが誰の声かわからないティムではない。リシャールも気付いたようだった。二人は全速力で走り出した。

王女の自室近くでアニアに迫《せま》っている男を見た瞬間、ティムは怒りで我を忘れそうになった。剣に伸びかけた手をリシャールが遮《さえぎ》る。

「そなたは手を出すな。絶対にだ」

次の瞬間、リシャールは男をアニアから引き剥《は》がして殴り飛ばした。

その隙にアニアに駆け寄りながらも、ティムは驚きを隠せなかった。

ティムが知る限りリシャールはこういう時でも相手に口頭で警告する。有無を言わさず手を出すのは見たことがなかった。

エマヌエル王子は何やら騒いでいたが、リシャールが身分を告げるとすごすごと引き下がっていった。

ティムはリシャールの一瞬の判断力に驚いた。激昂《げっこう》していても、彼は冷静だった。

向こうは王族、いくら非があってもティムが手を出せば責任問題になる。だから王族である彼が相手を殴ったのだ。

アニアが大きな瞳を瞠《みは》ってリシャールを見つめていた。

ああ、これなら彼女も殿下のことを見なおしてくれるかも。

けれど、リシャールはそのままティムにアニアを任せてさっさと立ち去ってしまった。

え？　行っちゃうんですか。ここで殿下が優しい言葉でもかけていれば印象を挽回《ばんかい》する機会だったのに。

「……思ったより、いい人？」

リシャールの背中をじっと見ていたアニアがぽつりと呟く。

「そうだよ。だからあんまり怖がらなくて大丈夫だよ」

アニアを助けてくれたのだから、せめてこのくらいは援護してあげようとティムは思った。

「……そうね。本当に来てくださって助かったわ」

ホッとしたように答えるアニアの青い瞳に熱がこもっているような気がした。けれど、そこへエリザベト王女が駆けつけてきたので確かめることはできなかった。

エマヌエル王子の一件は完全に向こうの非しかないので、殴られたことへの抗議もなかった。日頃から酒に頼るところがあるらしく、アルディリア王が彼を王太子にしない理由がわかる気がした。

そして、今日もリシャール王太子は落ち込んでいた。

アニアの前でエマヌエル王子を殴ったせいで、彼女を怖がらせてしまったのではないかと。

……殿下はアニアのことを深窓のご令嬢だと思い込んでいないだろうか。

アニアは領民たちと交流があったから、結構荒っぽい連中とも屈託《くったく》なく話していた。だから少々の荒事で怯《おび》えることはない。

それに自分を助けるための行動だとアニアならわかっているはずだ。むしろリシャールに対する好感度はかなり上がったように見えた。

……まあそれはちょっとしゃくに障《さわ》るから言わないけれど。

「殿下、お気になさらなくても大丈夫です。彼女はあれで結構逞しいんですから」

「……いや、あのような恋愛小説を書くのだからやはり繊細《せんさい》なところがあるのではないだろうか。オレは何ということを……」

「もしもーし？　殿下ー？」

ティムの言葉は全く耳に届いていないようだった。

いや、繊細なのはむしろ殿下の方ではないだろうか。

公式の場では相手が誰であれそつなく接しているのに、なぜかアニア相手にはそれが機能していない。

まあ、元々は僕がうっかりアニアの小説を執務室に忘れたのがきっかけなんだけど。殿下があそこまで心酔《しんすい》するとは思いもしなかったからなあ……。

それでもアニアの危機にはきちんと動いてくれた。これで関係改善に向かうはずだ。ただ、必要以上に二人が仲良くなる必要はない。

ティムが欲しいのはこの先ずっと彼女が王宮に残れるような伝手《つて》だ。職があれば彼女は実家を離れて生きていけるはずだ。

彼女の両親が、娘のことを王族に気に入られてお手つきにでもなればと思っているうちはいいが、いつ気が変わって成金に嫁がせようとするかわからない。

ティムの実家はアニアの両親と元々折り合いが良くない。他の親族もほとんどが借金のあるクシー家を見捨てて距離を置いている。彼女の力になれるのは自分だけだ。

せめて彼女が好ましく思える誠実な男が見つかるまでは、僕が彼女から手を離すわけにはいかない。

それがあの日、有無を言わさず彼女を攫わなかった自分の責任だと思っていた。

「殿下。私はあの時殿下に止められなければあの王子をみじん切りにしていた自信がありますよ。さすがにそれをやったら従妹に嫌われていたでしょうから、その点では感謝してます」

リシャールはティムの軽口に苦笑いを浮かべた。

「だから先に言ったのだ。そなたが本気で剣を抜いたあとではオレでも止められないからな」

彼にしてみれば、アニアに手を出そうとしたエマヌエル王子に可愛い妹が嫁ぐなど業腹《ごうはら》でしかないだろう。

「……このまま王女殿下をあの王子に嫁がせてもいいんですか」

ティムがそう問いかけるとリシャールはすっと目を細めた。

「それは父上が決めることだ。民のためにも両国の関係が改善されるのが最優先だからな。王族に生まれるというのはそういうことだ」

国王がなにも言及しない限り、彼は淡々と今回の舞踏会の準備を進めるしかない。

……王族か。王女殿下も同じことをお答えになるんだろうか。今からでもあの王子を片付ければ解決のような気もする。ただ、国際問題を考えるとオルタンシア国内であの王子が殺されれば後が面倒なことになるから……。

「……バルト。何を企《たくら》んでいるかは問わぬが、殺気を抑えろ」

「あ？　わかっちゃいました？」

ティムが誤魔化し笑いで応じると、リシャールは溜め息をついた。

「……とりあえず舞踏会が無事に終わるまでは、あの王子には無事でいてもらわねばならないのだからな。何事もなければいいが」


リシャールが危惧《きぐ》したとおり舞踏会は無事に済まなかった。

ランド伯爵一派は隣国アルディリアと通じていた。謀叛《むほん》を起こして国外に亡命中の王子ルイ・シャルルを迎えようとしていた。アルディリア側はそれに乗じてエマヌエル王子を暗殺して優秀なソニア王女を次期国王に据《す》えるつもりだった。

……その陰謀がわずか数日前に採用された新米女官と書庫に引きこもっていた王女に看破《かんぱ》されて失敗するとは、さすがに彼らも思いもしなかっただろう。

ランド伯爵が給仕や楽団員などに紛《まぎ》れ込《こ》ませようとした手勢はすべて事前に排除していたとはいえ、思いのほかしょぼい謀叛騒ぎで終わって良かった。

ティムは捕縛《ほばく》した貴族たちを収監したり、警備の再確認に走り回っていた。会場はすでに片付けられ、何事もなかったように音楽が流れてきていた。

アニアはどうしているだろう。彼女は今回リザ付きの女官として出席している。一曲だけでも踊ろうと誘っていたのに、このままでは会場に戻れない。

彼女はルイ・シャルル王子に刃を向けられたと聞いた。さぞ怖い思いをしただろう。それに、彼女の家族がランド伯爵に欺《だま》されて実行犯にさせられるところだったのだ。そう考えるといたたまれない。

国王は会場を落ち着かせるために戻っているはずだけれど、一介《いっかい》の女官にまで気を回していただけるはずもない。せめてエリザベト王女殿下がなんとかしてくださることを期待するしかない。

そうして何とか仕事を一段落させて会場に戻ったティムは、軽やかなワルツと人々のどよめきを耳にした。

……何かあったんだろうか。

そこで目にしたのはティムの最愛の従妹がリシャールとダンスをしている姿だった。背丈《せたけ》が大人と子供ほど差のある二人が少し不慣れそうな微笑ましい空気を醸《かも》しだしている。けれど、ティムは全身の血の気が引く思いだった。

「え？」

何故《なぜ》殿下が？　何やってくださっているんですか。というよりどんな顔をしてアニアをダンスに誘ったのですか。

突進して問いただしたいくらいだったけれど、そこまでの無粋《ぶすい》はできない。

ティムは彼らがそこまで親密になることを想定していなかった。アニアがリシャールにいくらか好感を持ち始めたのは感じていたものの、リシャールはまだ自分から動いていなかったはずだ。

ふとエリザベト王女と目が合った。王女は口元にわずかに笑みを浮かべて小さく首を横に振った。

あの二人をそのままにしておいてやってくれ、と言いたげに。

ティムは一礼すると、もう一度アニアたちに目を向けてから会場を後にした。


華《はな》やかな舞踏会の会場から離れながら、ティムは様々な感情に悩まされていた。

リシャールはもしかしたらアニアが一人でいるのを見かねて動いてくれたのかもしれない。アニアを踊りに誘っていることを話した気もする。

……それに、おそらくこれは王家側の意思表示も含まれているのだろう。欺されたとはいえ王女に毒ワインを出そうとしたクシー伯爵一家に対して、一定の酌量《しゃくりょう》をするという。そして、今回のランド伯爵たちの企みを暴いたアニアの功績を認めているという意味もある。

だから、理解するつもりではあるけれど、リシャールに対して言いたいことは沢山あった。

よりによって最後の一曲を、身内ではない相手と踊る意味がわかってるんですか殿下。

リシャールはアルディリアの王女と婚約が内定していたが、おそらく今回の件で解消されるだろう。その彼が未婚の貴族令嬢とダンスをするのはどうなのか。

……わかっている。この気持ちが何なのか。

今まで彼女の味方になれるのは自分だけだと思っていた。けれど今、彼女はエリザベト王女からも信頼されて、今回の働きで国王やリシャールからも注目されている。

きっと王宮で彼女が得たものは大きい。ティムよりも力のある人たちが彼女の味方になってくれるのを嬉しく思うと同時に、少し寂しい気持ちにもなる。

泥だらけで畑を作っていたあの幼いアニアが、立派に成長したのは嬉しいことなのに。

アニアは凄い子だから、いつか僕の手の届かないところまで行ってしまう気がする。

その時ちゃんと笑っていられるだろうか。

「そろそろ従妹離れしなきゃ、だめだよね……」

……いつか彼女を自分の目の前から攫って行く男が現れる。その日までに。


「殿下。自業自得という言葉をご存じですか」

今日も王太子リシャールは落ち込んでいた。彼の執務机の上には仕事の未決書類の山と、大量の招待状の山が積み上げられていた。

今までリシャールは舞踏会や夜会に出席することはほとんどなかった。その彼がたった一曲とはいえ、身内以外の女性とダンスを踊ったのだ。しかも彼の婚約は白紙になったばかり。

これは殿下とお近づきになる好機ではないか。そんな考えに及んだ方々からお誘いが絶えなくなった。

そして彼の行く先々で偶然を装った出会いを演出しようと待ち構えるご令嬢たちも更《さら》に増えた。

「……言わないでくれ」

「とりあえず、どうでもいい招待については後でお返事を書くのをお手伝いします」

「頼む」

ティムは招待状の差出人をざっと確認してから、無造作に急がない書類の山に載せ、未決書類の山も重要度別に仕分けしていく。

リシャールが優秀な王太子であることは間違いない。けれど、彼に仕事が集中するのは今の王家に人が少ないからだ。

それに仕事って、できる人のところに集まるものなんだよね……。

そう考えるとリシャールは損な役回りだ。それでも自分の仕事を投げ出すことはない。

ひたすら書類を決裁しながらリシャールはふと思いだしたように問いかけてきた。

「最近よくエリザベトの所を訪ねていると聞いたが、アナスタジアの小説絡みか？」

「ええまあ。新作の打ち合わせですね。今回の舞踏会のことを書いて欲しいと王女殿下がご所望ですので、張り切っているようですよ」

「……そうか。元気にしているのならいい」

リシャールは書類から目を上げずにそう答えた。

ティムは少し違和感を覚えた。何かがひっかかる。

そこへ半泣きの侍従が駆け込んできて、国王ユベール二世が執務室から逃亡したという報告をした。会議の時間が迫っているというのに、戻ってくる気配がないと。

リシャールが大きく息を吐いて立ちあがる。

「また父上は……会議までに連れ戻すぞ」

「お供《とも》します」

ティムも書類を手早く片付けてリシャールを追った。

足早に進む彼を追いかけながら、ティムはふと思いだした。

そうだ。殿下は最初小説のことを口になさっていたのに、アニアが元気ならって……それは小説を口実に彼女の近況が知りたかったとしか。

……もし、殿下が彼女の小説より彼女自身に興味を持ち始めたら?

いや、まさかね。確かにアニアが王宮に残れればとは思ったけれど、さすがにそんな展開は望んでいない。

いつか彼女を攫っていく男が現れる。それはわかっている。

わがままな望みだけど、その日がすこしでも遠ければいい、とティムはこっそり思った。

あとがき

春奈 恵

このたびはこの本を手に取っていただきありがとうございます。春奈恵《はるなめぐみ》と申します。
こうして本を出していただくのは初めてなので、大変緊張しています。

初めましての方のためにざっくりと説明しますと、このお話は地方育ちの貴族令嬢アニアが王宮に上がってきて、王女様と本好きの趣味で意気投合して二人でタッグを組んで事件に首をつっこんだり巻き込まれたりする……というものです。

書くにあたってイメージしたのは日本の平安時代、中宮定子《ちゅうぐうていし》と清少納言《せいしょうなごん》のエピソードでした。ご存じの方も多いでしょう。清少納言は当時としてはなかなか個性的な人だったようです。その主人の中宮様はきっと良き理解者だったんだろうと想像していて思いつきました。

それで何故《なぜ》日本が舞台ではないのか、と言われそうですが。そこは個人的な趣味です。

元々ヨーロッパの貴族のドレスなどにあしらわれていたレースの歴史に興味があってボビンレースを習っているので、その時代を題材にしたかったんです。

実際レースを織《お》ってみると（当時には及ぶべくもない代物《しろもの》ですが）あの時代の美しいドレスを作るのはとても大変なのだと思い知ります。当時は機械なんてありませんし。

レースは手間も時間もかかるのでかなり高価だったようです。王族がレースを買いすぎて国庫が傾きかけたという笑えない話も。作中ではうっかりと怒濤《どとう》のように語ってはいけないと思ってさらっと流してますが、当時の貴族のファッションはレース一つでさえとんでもなく贅沢《ぜいたく》だったということですね。

貧乏伯爵令嬢のアニアにとっては憧《あこが》れのアイテムだと思います。王宮で実際に見て眼福だと目をキラキラさせていたかもしれません。

そんなことをあれこれ想像しながら楽しく書かせていただきました。

このお話を書いていた頃、我が家の周辺に穴熊《あなぐま》が出没《しゅつぼつ》する事件がありました。山が近いので狸《たぬき》や猿や猪《いのしし》などいろんな野生生物の目撃情報はあるのですが、穴熊は初めてです。

アニアの祖父のあだ名を狸ではなく穴熊にしたのは、狸はアジアにしか生息していないからです。日本のアニメで狸がよく出てくるけど、海外の人は穴熊かアライグマだと思っているかもしれません。

日本でも昔から穴熊は狸と色がよく似ているので混同されることが多くて、ムジナと別称されるのも一緒だとか。イタチ科なのにシュッとしてなくてずんぐりなのも面白《おもしろ》いです。もちろん野生生物ですので、もしどこかで見かけても安易に近づいたりはなさらないでくださいね。

ちなみに穴熊はとても美味《おい》しいのだとか。見かけからは想像つきませんが。アニアの祖父は

『食えない男』なので、その辺では似てないようです。

最後になりましたが、この作品が形になったのはもちろん私一人の力ではありません。編集さんからはいくつもありがたいアドバイスをいただきました。頼りにしてます。ありがとうございます。

さらに、雑誌掲載時からイラストを担当してくださっている雲屋《くもや》ゆきお先生が大変魅力的にアニアたちを描いてくださって、え？　うちの子たち可愛《かわい》すぎ？　って狼狽《うろた》えるほどでした。本当に毎回大騒ぎしながら拝見しています。本当にありがとうございます。

そして、作品の感想をくださった読者の皆様。いつもありがとうございます。励《はげ》みにさせていただいています。

いろんな方の後押しをいただいて、出来上がりました。どうか楽しんでいただければと思います。

そして、もしよろしければ次巻以降もおつき合いいただければ幸いです。

W I N G S・N O V E L

【初出一覧】
作家令嬢は舞踏会でロマンスを綴る：小説Wings '18年秋号（No.101）～'19年冬号（No.102）掲載
ティモティ・ド・バルトの誤算：書き下ろし

この本を読んでのご意見、ご感想などをお寄せください。
春奈　恵先生・雲屋ゆきお先生へのはげましのおたよりもお待ちしております。

〒113-0024　東京都文京区西片2-19-18　新書館
[ご意見・ご感想] 小説Wings編集部「作家令嬢は舞踏会でロマンスを綴る　作家令嬢と書庫の姫～オルタンシア王国ロマンス～①」係
[はげましのおたより] 小説Wings編集部気付○○先生

作家令嬢は舞踏会でロマンスを綴る
作家令嬢と書庫の姫～オルタンシア王国ロマンス～①

著者：**春奈　恵** ©Megumi HARUNA
初版発行：2021年10月25日発行

発行所：株式会社 新書館
[編集] 〒113-0024　東京都文京区西片2-19-18　電話 03-3811-2631
[営業] 〒174-0043　東京都板橋区坂下1-22-14　電話 03-5970-3840
[URL] https://www.shinshokan.co.jp/

印刷・製本：加藤文明社

ISBN978-4-403-54233-6 Printed in Japan

S H I N S H O K A N

作家令嬢と書庫の姫
～オルタンシア王国ロマンス～
春奈 恵
novel:Megumi Haruna
雲屋ゆきお
illustration:Yukio Kumoya
新書館／ウィングス文庫
物語が大好きな伯爵令嬢アニア。
王宮でお仕えしたリザ姫とは、
本好き同士で気が合って……？
女の子たちが頑張る、冒険活劇&ロマンス!!
①作家令嬢は舞踏会でロマンスを綴る
大好評発売中!!
②作家令嬢と謀略の求婚者たち
2021年12月10日頃発売予定!!
③書庫の姫はロマンスを企てる
2022年2月10日頃発売予定!!
④作家令嬢のロマンスは王宮に咲き誇る
2022年4月10日頃発売予定!!
全4巻
隔月で
発売予定
!!